ドッグカフェで幸せおうち生活

金坂理衣子

幻冬舎ルチル文庫

CONTENTS ✦目次✦

ドッグカフェで幸せおうち生活

✦カバーデザイン＝久保宏夏(comochi design)
✦ブックデザイン＝まるか工房

イラスト・サマミヤアカザ✦

ドッグカフェで幸せおうち生活

年始にやってきた大寒波が、嘘のように晴れ渡った穏やかな正月明け。

みんな仕事に学校に、とどこか怠そうに重い足取りで向かう。

けれどそれでも、どこへ行くにしても帰れる場所がある人はいいな、と車の運転席を倒して横たわる氷室渚《ひむろなぎさ》は心から思った。

「帰れる場所……探しに行かなきゃいけないのに……」

今は寝返りすらも辛《つら》くて、身動きが取れない。

どうしてこんなことになってしまったのか。

これが熱のせいで見ている悪夢だったらよかったのに、とじくじくと痛む頭でこれまでの経緯《いきさつ》をぼんやりと思い返す。

――去年の年末、渚は突然に恋人も住む家も仕事も何もかも失い、二匹のポメラニアンと共に車上で生活することを余儀なくされた。

二匹のポメラニアンは姉妹で、顔も体格も似ているが毛色が少し違うので見分けられる。

両方ともベースはオレンジ色だが、黄色っぽい方がポポ。白っぽいのがワタゲ。

ポメラニアンは、マズルと呼ばれる鼻先が長ければ『きつね顔』、短ければ『たぬき顔』と呼ばれるが、ポポとワタゲはどちらも可愛い『たぬき顔』。

見た目は似ているが性格は全然違い、ポポは気が強くてよく鳴き、ワタゲの方はおっとりしていて臆病。

ただどちらも、懐くとべったりくっついてくる甘えん坊だ。

何もかも失った渚にとって、この二匹はかけがえのない宝物だった。

この二匹のためにも安心して暮らせる住まいを早く確保したかったが、年末で不動産屋はほとんどが休み。ネットで物件を探すくらいしかできない。

ペット同伴可なホテルも近場にはなく、だからといって犬たちを車内に残して自分だけがちゃんとした施設に泊まる気にもなれず。

無駄な出費も抑えたかったので、住む家が見つかるまでは車で寝泊まりをしようと決めた。

昼間はなるべく犬連れでも入れるホームセンターをうろついたり、休憩所のベンチに座ってスマートフォンで特に好きでもないゲームをしたりして時間をつぶす。

休みの人が多い年末年始の時期でよかった、と思ったが師走《しわす》の世間はせわしなく、二匹の犬を連れてベンチにぼーっと座っていると何だか罪悪感があって落ち着かない。

日が暮れて辺りが暗くなると、そそくさと軽のワンボックスカーに戻る。そして座席を倒してフラットにした車内で、ぼんやりとカーナビゲーションでテレビを見ながら眠気が訪れるのを待って眠るだけの日々。

エンジンを切って暖房を入れない車内は寒かったが、アクセサリーソケットにカーインバーターを差し込んで電源を取り、電気毛布を使えたので助かった。

電気ポットでお湯を沸かし、カップの味噌汁《みそしる》にお店のレンジで温めたお弁当などの食事で暖を取ることもできた。

それに何より、心を温めてくれる存在がある。

後部座席を振り返れば、ワタゲがたたっと膝へかけよってくる。

「狭いとこでごめんね、ワタゲ」

辛い思いをさせている分、思いっきり愛情をかけてやりたくて、渚はワタゲの頭といわず身体《からだ》といわずなで回してやる。

すると、ポポも「私もなでて！」とばかりに走り寄ってくる。

「ああ……おまえらは本当に可愛いね」

無力な自分を信頼しきって懐いてくれる二匹の姿に、涙が出そうになるほど癒やされる。

狭い車内でも犬たちを抱っこして電気毛布にくるまれば心地よくて、このまま目が覚めなければ幸せなんだろうな、なんて悲壮なことが心に浮かぶ。

それでも、新しい年が来て動き出すことができれば少しは事態が好転するはず、と僅《わず》かばかりの希望にすがるようにして日々を乗り切っていた。

しかし予想もしなかった奇禍は渚の心身共に大きなダメージを与えていたようで、三が日の冷え込みにすっかり体調を崩してしまった。喉だか鼻だか微妙な辺りが熱くひりひりと痛み、つばを飲み込むのも辛い。身体も熱っぽく火照《ほて》り、頭は重くて目を開けるのすら辛い。

ストレスで胸の辺りがむかむかしてずっと食欲はなかったが、今は吐き気まで加わってスポーツドリンクを飲むだけで精一杯。

待ち望んだ正月明けに、家を探しに行くどころではなくなった。

市販の風邪薬《かぜぐすり》を飲み、そのままドラッグストアも併設された大型スーパーの駐車場に車を駐《と》め、ひたすら寝て回復を待つことにした。

「……ん？」

ぼんやりとこれまでのことを思い返していたはずが、いつの間にか眠っていたようだ。

キャンキャンと何かを訴えるように鳴くポポの声に、意識が覚醒する。

今まで室内で自由に過ごしていた犬たちにとっても、この狭い車内生活はストレスだったのだろう。ポポは無駄吠えをするようになっていた。

これまでも車の近くを人が通ると吠えることはあったが、今日はいつまで経《た》っても鳴き止《や》まないし、吠え方も違う。

「……っん……」

起きなければと思うのに、瞼《まぶた》がくっついたかのように目が開かない。

ポポが何か訴えているのに応えてやれない自分のふがいなさに、閉じた瞼から涙が零《こぼ》れる。

その涙を、ぺろぺろと舐《な》められてようやく目が開く。

ぼんやりした視界にワタゲのアップがあって、無意識に食いしばっていた口元が緩んで肩の力が抜けた。

しっかりと目を開いて首をもたげれば、ポポは窓の外が気になるのか窓枠に手をかけてまだキャンキャン鳴いている。

外は薄暗くて、街灯がついている。しかし日が暮れたところなのか夜明けなのか、寝ぼけた頭には一瞬判断がつかなかったが、車が行き交う音から判断するとまだ夕方のようだ。

「……ごめん。ワタゲ。どうした？　ポポ？」

かすれた自分の声が、我ながら死にかけみたいだと情けなくなる。

——だけど、この子たちを置いては死ねない。

月並みな発想だけれど、本当にこの子たちの存在だけが心の支えだ。

これまで誰にも必要とされなかった自分を必要としてくれる彼らのために、生きなければ。

大げさではなくそう思えて、少しだけれど身体に力が入るようになった。何がどうしたのか確かめようと、怠くて重い身体をゆっくりと起こす。

「——っ、わあっ！」

起き上がると、窓にへばりつくようにして中をのぞき込む男性と目が合い、驚いて大きな声が出てしまった。

「ああ、よかった。生きてたか」

くっきり二重の大きな目を細めて人なつこい笑みを浮かべる男性の安堵《あんど》した声に、一気に高まった警戒心が緩み、息を大きくはき出して強張《こわば》った身体の力を抜く。

「生きて、って？　……ああ」

ばくばくいう胸を手で押さえ、気持ちを落ち着けて事態を頭の中で整理する。

男性は犬がいるのに気づいて車内をのぞき込み、横になったまま動かない渚を見て死んでいるのではと思ったのだろう。

この寒さ厳しい一月に、エンジンを切った車内で寝る人はそうそういないので無理もない。

これまでは不審者として通報されないよう、寝る際は人気《ひとけ》のない場所を選んで車を駐めていたが、ここはスーパーの駐車場。

遠慮して端の方に駐めたが、それが歩行者通路に近かったせいで逆に人目についたようだ。

「すみません……ちょっと、仮眠をとって、て――ゲホッ、ゲホッ、ゴホッ」

心配してくれた相手をむげにもできず、少しだけ窓を開けてなんでもないと伝えようとしたが、窓から流れ込んだ外の冷気に喉が反応して派手に咳《せ》き込んでしまった。

「おいおい、大丈夫か？　おーい、俺がご主人様をいじめたんじゃないぞ」

涙ぐむほど咳き込んでしまったが、男性の困った声に咳《せき》を堪《こら》えて顔を上げれば、さっきから吠えていたポポに加勢するように、ワタゲが男性に向かって牙《きば》を剝《む》いて低く唸《うな》っていた。

臆病なワタゲがこんな風に知らない人を威嚇《いかく》するなんて、思ってもみなかった。

男性は身体を起こして少し窓から離れ、ホールドアップのポーズを取る。

自分を守ろうとしてくれる犬たちと、見ず知らずの自分を気遣ってくれる男性の存在に胸が熱くなる。

零れそうになった涙を咳き込んだせいにして指先でぬぐい、何でもないと笑顔を向ける。

「ご心配をおかけして、すみません」

「……いや」

何とか微笑《ほほえ》めただろうと思ったのに、男性は大きく目を見開いて黙り込む。

とりあえずポポとワタゲをまとめて胸に抱き込んで「大丈夫だよ。ありがとう」ともみくちゃになでてやれば、それで気が収まったのか二匹は吠えるのも唸るのも止めてくれた。

「あー……そのポメたち、いい子だな」

ポポとワタゲが渚を守ろうとしていたと気づいたのだろう男性は、目を細めて渚の腕の中の二匹を見つめる。

吠え立てられたのに怒るどころか褒めてくれるこの人は、犬好きなのだろうと思うと何だか親近感が湧いて気分が和《やわ》らぐ。

今度は無理にではなく、自然に微笑めた。

「ええ。僕の宝物です」

「ポメラニアンは、世界一可愛い生き物だもんな！　……飼い主も美人だし」

「はい？」

「いや、俺も昔、ポメを飼ってたから」

「そうなんですか」

だから車内にポメラニアンがいるのが気になって、覗《のぞ》きに来た。

それで死んだように寝ている男を見てしまい、さぞ驚いただろう。

けれど渚は死んではいないし、犬たちも車内に置き去りにされているわけでもない。

大丈夫だからもう帰ってくれないかな、と思う渚の心とは裏腹に、男性は渚の事情に踏み込んでくる。

「あのさあ……大きなお世話だろうけど、この環境でポメを飼うのはちょっとどうなの？」

「それは……そうですけどっ」

そんなこと、言われなくても分かってる。

今の季節の衣服だけを残し、他の私物はほとんどリサイクルショップで処分したので大した荷物はないが、それでもフラットにした後部座席部分にはダンボールと犬のトイレシートに水入れが置いてあるのは窓から見えて、ここで犬と共に生活していると分かるだろう。

宿無しの分際でペットを飼うなんておこがましい、と思われても当然だ。

だが、これは不可抗力。渚にはどうしようもない出来事があったせい。

分かっているけれど、どうにもできない自分のふがいなさに、目の奥が熱くなってさらに頭痛が増して胃の辺りもむかむかしてくる。

事情も知らずに説教かと腹が立ったが、男性は犬たちだけでなく渚のことも心配し出す。

「あんたもこんなとこで寝てちゃ、エコノミークラス症候群ってのになっちまわない？　具合悪そうなのに、ヤバいだろ」

眉根を寄せて、大きな目でじっと見つめてくる、本当に心配してくれているのが分かる男性の表情に、ささくれみたいに毛羽立ってチクチクしていた心が鎮まってくる。

「そうですけど……好きでこんなとこで寝てるわけじゃないです」

渚だって、ほんの数週間前までは恋人のマンションで普通に暮らしていた。

初めて恋人と過ごすクリスマスを完璧なものにしようと、張り切ってケーキもチキンも早早と予約していた。

けれど恋人は、別の人とクリスマスを過ごすために渚を追い出したのだ。

「俺、結婚するから」

恋人からのそんなあっさりとした言葉一つで、渚の日常は崩れ去った。

渚の元恋人は、勤め先でもあった輸入健康食品を取り扱う会社『アトラクティブ』の社長、斉藤春馬《さいとうはるま》――男性だ。

社員は二十人ほどの小規模な会社だったが、原価の安い輸入品を高級感のあるラッピングや派手な宣伝で高値で売りさばき、年商は一億円を超えていた。

社長の斉藤が自ら商品の宣伝のためテレビショッピングに出演していて、ジムで鍛えた細身だが筋肉のついた健康的な身体に、人なつこい笑顔で自信たっぷりに商品を紹介する斉藤は『健康王子』と呼ばれてファンが付くほど。

そんな彼から、入社して一年ほど過ぎた頃に交際を申し込まれた。

渚はこれまで女性と付き合ったことはなかったが、男性と付き合おうと考えたことも一度もなかった。

だから同性の斉藤から好きだと言われて戸惑いはしたが、それ以上に「真面目《まじめ》でよく働いてくれる君が気になって」と言ってもらえたことが嬉《うれ》しくて、付き合うことにした。

これまでも自分なりに何事も真面目に一所懸命やってきたつもりだったが、いつも努力は空回りで報われることはなかった。そんな自分を認めてくれる人がいたなんて、運命の出会いだとすら思えて舞い上がった。

そうして斉藤にこわれるがまま付き合い始め、社員寮のアパートから斉藤の住む高級マンションに引っ越した。

表向きは、社長が業務に集中できるよう家事が得意な渚がハウスキーパーとして住み込むという体裁をとり、二人が恋人同士だということは秘密にされた。

でもそれは、広告塔でもある人気者の社長に同性の恋人がいると世間に知られれば商売に悪影響が出かねないので、当然のことだと納得できた。

ただただ、渚は好きな人と暮らせるだけで幸せだった。

しかし斉藤にとって渚は、身の回りの世話と性欲を満たすための都合のいい相手でしかなかったのだ。

どこかの社長令嬢との結婚が決まると、洟《はな》をかんだティッシュ並みにあっさり捨てられた。

ポポとワタゲも、ＳＮＳで『健康王子』のイメージアップ戦略に使いたいと彼が買ったのだが、彼女が犬嫌いだという理由で渚が連れて行かないなら保健所行きだと脅され、そんなことはさせられないと引き取った。

年明けにはここで彼女と住むから早く出て行け、と退職金代わりに与えられた中古の軽ワゴン車に私物を詰め込まれ、犬たちと一緒に追い出されたのが十二月二十三日のこと。

当然のように会社もクビになり、あっという間に渚は住所不定無職になった。

仕事については不当解雇だと訴えることはできたのだろうが、そんな気力も知識もない。

何より会社に残れたとしても、結婚して幸せに暮らすかつての恋人の下《もと》で働くなんて辛すぎて無理だったろう。

愛されていると信じていたが、そうではなかったのなら一緒にいる意味はない、と渚はこの状況を受け入れた。

思えば、渚の人生はずっとこうだった。

物心ついた頃から両親は不仲で、団らんとは無縁の冷めた家庭だった。

渚が小学三年生の時、父親の浮気が原因でついに両親が離婚し、母親に引き取られた。

看護師で夜勤もあり多忙だった母親のため、渚は家事を引き受けた。

最初のころは出来合いのお弁当や総菜を買ってきていたが、ネット動画を見て自分でもできそうな料理を作るようになった。運動会や遠足でお弁当が必要になったときも、ハンバーグと玉子焼き、プチトマトにブロッコリー、と彩りも栄養も考えたものを作った。

自作のお弁当を持っていく渚は、学校で女子にモテた。元々整った顔立ちで人気はあったが、優しくて料理もできるとなるとモテないわけがない。

しかし母親はそんな息子に、女にだらしなかった夫の姿を重ねてしまったようだ。

一緒に登下校をしていた女の子に別の子と行くように注意したり、渚がもらってきた女の子からの手紙を破り捨てたりした。

おかげで渚は『女の子と付き合うのは悪いこと』と思い込むようになり、母親に気に入られるようただひたすら勉強と家事に打ち込んだ。

そうして母子二人で暮らしていたのだが、渚が中学一年になるとき母親が再婚をした。

相手もバツイチで、中学二年と高校一年の娘がいた。

義父《ちち》の方は渚と仲良くしようとしてくれたが、娘たちはいきなりできた弟を快く思わなかったようだ。別に渚のことが気にくわなかったわけではなく、ほとんど年の変わらない男の子と一緒に暮らすのが嫌だったのだろう。

それは渚も同じで、朝の洗顔からお風呂に入るタイミング、果てはトイレに行くのすら気を遣い、家の中では気の休まるときがない。

何より、渚と義理の娘たちの間に立つ母親に苦労をかけたくなかった。

だから渚は、自分から父親のところへ行きたいと頼んだ。

父親とは離婚から三年以上一度も会っていなかったが、母親の再婚で渚が行き場を失ったのを察してか引き取ってくれた。

離婚当時の浮気相手とも別れて一人暮らしをしていた父親は、食事は外食かコンビニ弁当。洗濯は週に一度、コインランドリーでまとめ洗い。掃除機には埃《ほこり》が積もっているという有様だったので、渚が家事をすると「すまんな」と言葉少なにだが感謝をしてくれた。

相変わらず仕事と女遊びに忙しいのか日付が変わる前に家に帰ってくることはまれで、ほとんど顔を合わせることはなかったけれど、役に立てていると思えば幸せだった。

けれど渚が身を寄せて二年ほどで、父親も再婚することになった。

相手はまだ二十二歳で、渚とは姉弟といっても通じるような若い女性だった。

彼女はすでに妊娠していたので、渚は自分が代わりに家事をしようとがんばった。

でもそれが逆に、家事が得意ではない彼女の気に障ってしまったようだ。

料理を作っても「あれもこれも嫌い」と残され、出しっ放しの化粧品を片付けたり掃除をしたりすれば「勝手に人のものに触らないで」と怒られた。

そんな彼女に同調するように父親の態度もよそよそしくなり、家事をしても勉強をがんばっても何をしても褒めてはもらえなくなった。

赤ちゃんが生まれると——弟だったが、父親の愛情は彼に向き、渚は再び居場所を失った。

だから高校進学を機に、寮のある高校を選んで家を出た。

それから、ずっと一人だった。

大学も下宿から通い、両親どちらの家にも一度も帰らず過ごした。

寂しいけれど、自分が関わらないことが両親にとって『親孝行』なのだろうと、連絡を取ることもしなくなった。

そうやってひとりぼっちで生きているなかで、斉藤に声をかけられたときは本当に嬉しくて、こんな自分でも必要としてくれるなら、と役に立てるよう精一杯がんばった。

——がんばったつもりだったけど、また駄目だった。

まるで迷路の中で間違った道ばかり選んできたみたいに、歩いても歩いてもひとりぼっちの振り出しへ戻る。

もっと役に立てたなら、捨てられたりしなかっただろうに。必要な人間になれなかった自分が悪い、と後悔と自責の念に苛《さいな》まれる。

今回は、犬たちがいてくれて助かった。

守るべき存在がなければ、斉藤から捨てられた日に自暴自棄になり、車で崖《がけ》から海にでもダイブしていたかもしれない。

別に死にたいわけではない。ただ、自分が存在している意味が分からなくなったのだ。

家事も仕事も恋愛も、自分としてはできる限りの努力をしたのに、それでも駄目だった。もうどうすればいいのか分からなくて、四方八方どこを見ても壁みたいな閉塞感に、息をするのもしんどくて『ここではないどこか』へ逃げたかった。

——何をしてもどうしても、愛されない自分が嫌になる。

時間にすればほんの数秒だろうが、ここにいたる経緯が脳裏に蘇《よみがえ》ると、ますます眉間《みけん》のしわが深くなったようだ。

「この状況、好き好んでやってるわけじゃねえのね？」

「当たり前じゃないですか！」

「そっか。いや、世間にゃ車中泊しながら旅行すんのが趣味って人もいるから」

一応確認しておこうと思って、と微笑む男性に悪気はなかったようだ。無邪気な笑顔にさっきまでの怒りがシュルシュルと萎《しぼ》んでいく。

変わった人だとぼんやり見ていると、変わった彼はさらに変なことを言ってきた。

「じゃあ、俺んち行こう」

「……え？」

「俺の家はマンションだけど、ペット可だから大丈夫だ」

「は？　いえ、あの……」

何が「じゃあ」で、どう「大丈夫」なのか、まったく分からない。

意味不明な言葉を理解しようとしてもしきれず、オーバーヒートで頭がぐらぐら揺れるみたいな感覚を堪えて彼の顔を見つめれば、にこやかな笑顔を向けられる。

「ワンコ共《ども》がいるからホテルとかに泊まれないんだろ？」

「それは……そう、なんですけど……」

「ワンコと一緒に寝かせてやるから心配すんな。俺、青山雄大《あおやまゆうだい》。で？」

「あ、えと、氷室渚です」

そっちは？　と名乗りを促され、つい答えてしまった渚に、雄大は「渚かぁ、海辺生まれ？」なんて訊《たず》ねながらドアを開ける。

「『渚』ってのは、いい名前だよな。響きが美しくてあんたに似合ってる。穏やかな冬の海みたいに、見つめてると心がざわつくくらいきれいだ」

「きれいって……」

「顔も、名前に負けないほどきれいだし」

男相手に驚くほどクサい台詞《せりふ》をさらりと口にして、無邪気に微笑む。

あんまり自然に微笑むから、ついつられて片頬《かたほお》を上げると「笑うとさらにきれいだ」なんて笑顔で言われ、頬がぼわっと熱くなる。

容姿を褒められたことは何度もあるが、からかいや嫉妬《しっと》交じりなことが多くて素直に受け取ることができなかった。

それなのに、彼の口から出た言葉は素直に受け取れた。

きっと彼が渚に向ける眼差《まなざ》しが、本当に美しい波打ち際を見るように穏やかで優しいからだろう。

しかし、さっきまでの短いやりとりでも悪い人ではなさそうだと感じたけれど、見ず知らずの男を犬ごと家に招くとは普通じゃない。

何か裏があるのでは、とぶしつけながらじろじろと様子を窺《うかが》ってしまう。

ダウンコートを着ているので体格ははっきりと分からないが、背は高い人だ。エコバッグらしきぺたんこの帆布《はんぷ》のバッグを肩にかけていることから、スーパーへ買い物に来たらしいのは推察できる。

コートもバッグも、アウトドア用品で有名なメーカーのものでそれなりの値段がするから、おしゃれに気を遣っているのか金持ちなのか。

見た目で判断できる部分なんてこの程度で、たかがしれている。

中身はどうなんだ。悪人だったらどうする？　と疑う気持ちはあったが、こんな車上生活をしている渚から奪う物などないだろう。

彼が何を考えているのか、さっぱり分からない。

もとより熱でぼんやりとしていた頭に、この事態は荷が重すぎる。何を言うべきかどうすべきか、何も考えつかない。

「あの……青山さん？」

「雄大でいいよ。ほれ、俺が運転すっからさっさと運転席を空けろ」

「え？　あの？」

「その状態で運転したら危ないだろうが。つか、俺んちの場所も知らんだろ？」

「いえ、そういう問題ではなく……」

「ああ、俺は車に乗ってきてないから大丈夫。すぐ近くだから歩いてきたんだ。けど免許証は財布に入れていつも持ってるし」

免許証不携帯ではないというアピールか住所を教えるためか、雄大はズボンのポケットに入れていた財布から免許証を取り出し、ぽいっと渚に投げ渡した。

免許証なんて個人情報が記載されたものを見せて渚を安心させようとしてくれる雄大は、いい人なんだろうという考えは確信に変わる。

けれどどんなに親切でいい人でも、限度というものがある。

両手で免許証を差し出して返し、申し出も辞退する。

「あの、雄大さん。ご親切はありがたいんですが、そんなご迷惑をおかけするわけにはいきません」

「俺は一人暮らしだから、迷惑じゃない」

「ですが――」

「ここで渚ちゃんとワンコたちを見捨てたんじゃ、寝付きが悪くて徹夜しちまうわ」

「だけど……やっぱり、そんな……」

まるで雄大の方が困った事態に陥《おちい》っているかのように顔をしかめられ、何だかこちらが悪いことをしている気になってくる。

予想だにしなかった展開に思考回路が追いつかず、まともな言葉が出てこない。

あわあわと狼狽《うろた》えるばかりの渚に、雄大はずいっと顔を近づける。

「もしかして、動けないほどしんどい？　先に病院行くか？」

「い、いえ！　そこまでは。風邪薬も飲んでますし」

「そうか。ならいいんだけど」

心配げだった顔がほわりと緩み、暖かみを感じる笑顔に変わる。

心配をしてもらったところで体調は変わらないと思うのだが、気持ちが嬉しい。寒さと痛みで縮こまっていた身体を羽毛で包み込まれたみたいにふんわかした気分になり、肩の力が抜けていくようで、少し楽になった気がするから不思議だ。

さっき見た免許証によると雄大は二十八歳だが、近くで顔を見るともっと若く感じた。

少しくせのある黒髪がかかる大きな目と口角の上がった口元のせいかとも思ったが、首をかしげる動作やくるくる変わる表情が好奇心あふれる子供みたいで、若々しいというより少年のようだと思い直す。

何だか見とれてぼんやりしてしまったのを心配してか、雄大は眉根を寄せてさらにこちらへ身を乗り出してきた。

「やっぱ動けない？　動けないなら、抱っこして移動させてやるけど」

「いえ！　……自分で動けます」

抱っこは勘弁してほしいが、雄大はどうあっても引きそうにない。

雄大が、もうドアから半分身体を車内に突っ込んでいるので外へは出られず。もそもそと運転席から助手席へと移動すれば、雄大が運転席へ乗り込んできた。

「ふおおっ、ワンコちゃーん！　って逃げるか」

運転席から後部座席に身を乗り出す雄大に、ポポは吠えながらも腰が引けて後退し、ワタゲの方は完全にダンボールの陰に隠れてしまっている。

怯《おび》える二匹を安心させてやりたいが、渚自身もこの事態が不安だったのだから、どうしてやることもできない。

せめてもと優しく声をかける。

「ポポ……ワタゲ。大丈夫、だよ……。たぶん……」

「ポポとワタゲって……タンポポに綿毛か。うん、そんな感じだわ。あんた、センスいいな」

ポポとワタゲの名前の由来に一瞬で気づいてもらえて、おまけに「センスいい」なんて褒められてちょっぴり嬉しくなる。

ポポもワタゲも可愛いなぁ、と全開の笑顔で犬たちを見つめる雄大の眼差しは優しい。

——自分に何かあっても、この人がいれば犬たちは大丈夫かもしれない。

そう思ったら、もうどうにでもなぁれ！　とシンプルな顔をした妖精が、頭の中でくるくるときらめきながら回りだした。

「ほれ、危ないからそっちの座席も起こしてちゃんと座れ」

さっさと運転席を起こした雄大に促され、渚も助手席の座席を起こしてシートベルトを締め、雄大に運転を任せる。

急展開する事態を受けとめきれずにぐらぐらする意識の中で到着した先は、デザイナーズマンションというのだろうか、黒と白の外壁がおしゃれな五階建てのマンション。

とりあえず貴重品の入った鞄《かばん》とポポとワタゲだけ抱いてお邪魔した雄大の部屋は、一人暮らしと聞いていたがかなり広めの2LDKだった。

「散らかってっけど、ワンコが誤飲しそうなもんはないと思うから、どーぞ」

「それでは……お邪魔します」

室内は、確かに散らかっていた。部屋の隅には大手通信販売のロゴが入った未開封のダンボール。ローテーブルの周りは雑誌やチラシなどの紙類が積まれ、ソファの上には衣類の山が築かれている。

しかし男性の一人暮らしにありがちな、空の弁当の容器や飲み残しの入ったペットボトルなどの、いわゆる生活ゴミのたぐいはない。

ゴミと必要なものがごちゃ混ぜになると困るので、ゴミは買い物などで外へ行く際に一階にある二十四時間使えるゴミステーションに捨てているそうだ。

「ここにはそれほど大事なものは置いてないし、ワンコ共がいたずらしてもいいから下ろしてやりな」

ずっと抱っこしたままだったポポとワタゲを下ろすと、ワタゲは渚の足にお尻《しり》をくっつけて動かず。ポポの方は最初はしっぽを下げて及び腰という感じで鼻を地面につけて歩いていたが、少しうろついて危険はないと分かったのか、ゆっくりとしっぽが上がってくる。

「ふおおおっ、ポメしっぽはやっぱたまらんなぁ」

ふっさふっさのしっぽと桃尻は、ポメラニアンの膨大な数の魅力のうちの一つだ。

雄大の視線がポポの魅惑のお尻に釘付《くぎづ》けの間に、渚はぐるりと部屋の様子を見渡す。

バリアフリーの広いリビングダイニングは、全面が滑りにくいクッションフロア。リビングと廊下を仕切る扉にはペット用の扉が付いており、玄関の手前にはペットの飛び出しを防ぐ柵《さく》もあった。

ペット可というより、ペットと住むことを前提とした造りのようだ。

「犬が暮らしやすそうなお宅ですね」

「いずれ飼う気で選んだからな」

ここで飼われていたポメラニアンは幸せだと思ったが、雄大がポメラニアンを飼っていたのは実家にいた学生時代だという。でもまたいつか飼いたい、とこのマンションを選んだそうだ。

「そうだ、あんたはこっちな」

リビング探索に出たポポはそのままに、足元にくっついて離れないワタゲを踏まないよう注意しながら雄大に連れて行かれた先は、一番奥のベッドルーム。

六畳ほどの部屋に、本棚の他にはベッドとサイドボードがあるだけ。

こちらの部屋にもゴミはないようだが、壁際の天井まである大きな本棚に入りきらない本やファイルが積み上がっていて、雄大は相当な読書家だと感心した。

「俺のベッドだけど、車で寝るよりゃましだろ」

「ええ？　そんな。それじゃあなたは——」

「仕事場に簡易ベッドがあるから大丈夫だ」

どうやら手前の部屋が仕事場になっているようで、雄大はそっちで寝ると言うが家主の寝床を奪うなんてできない。

部屋の片隅にでも寝かせてもらえれば御の字と思っていたのに。

「それなら、僕がそっちで——」

「悪ぃけど、仕事部屋に入られると困る」

何処《どこ》の誰とも知れぬ相手を家に上げておいて、今更だ。おそらく渚がベッドを使うのを遠慮しないよう言っているだけだろう。

おおざっぱなようで、こういう心遣いはきちんとしている雄大への好感度はぐんぐん上がっていく。

「でも……」

「ワンコ共と一緒に寝かせてやるって言っただろ？　このベッドで一緒に寝てやれ」

「あの……本当に？」

車の硬いシートの上で縮こまって寝ていた身としては、スプリングの利いたベッドで手足を伸ばして眠れるなんて夢のような幸せに感じる。

これは熱で茹《ゆ》だった脳が見せる幻覚では、とまで思えて上目遣いに窺う渚に、雄大は屈託なく微笑む。

「病人はいらねえ心配してないでさっさと寝ろ！　あ、汗くらいは流したいか？　風呂はこの目の前。着替え貸してやるから、シャワーを浴びてこい」

口調は荒いが、体調を気遣ってくれてのことだろう。内容はすさまじく親切だ。

けれどありがたすぎる親切心には何か裏があるのでは、と疑わずにはいられない。

「いえ、あの――」

「さっさとする！　って、ああ、えっと、ワタゲちゃん？　怒らないでー」

雄大が語気を強めると、渚がいじめられていると思ったのか、またワタゲが雄大に向かってウーッと小さく威嚇の声を上げた。

身体は渚の後ろに隠しながらだけれど、気持ちが嬉しい。

そんな小さなワタゲを相手に、平身低頭で下手《したて》に出る雄大は、本当にポメラニアンが大好きなようで微笑ましい。

――本当に、親切で優しい人なんだ。

「ワタゲ。雄大さんは親切で言ってくれてるんだよ」

だから怒っちゃ駄目と抱き上げて向き合えば、ワタゲは考え込むように何度も首をかしげる。その仕草が可愛くって、叱るつもりが微笑んでしまう。

「ふおおおおっ、ほんっとワンコ共々かっわいいな」

ワタゲの可愛さに壊れたのか、雄大は腰だめにぐっと拳《こぶし》を握って変な声を上げる。

「雄大さん?」

「あー、そのっ、親切にはさっさと甘えろ。仕事の手伝いに来るアシスタントにもよく風呂貸して泊めてやってるから、気にすんな」

「そうなんですか。……それでは……お言葉に甘えて」

なるほど、何やら自宅で仕事をしている雄大は、人を泊めることが多いので他人を家に上げるのに抵抗がないようだ。

ベッドを借りるなら、熱で汗をかいた身体のままよりシャワーを浴びて清潔にした方がいいだろう。素直に従うと、その間に雄大は車内からポポとワタゲのトイレシートとエサをとってきてくれた。

普段も銭湯を利用していたが、車内に残した犬たちが気がかりで身体だけ洗って湯船にはほとんど浸からずすませていた。今日だってシャワーしか浴びていないのだが、浴室暖房のついた温かな風呂場で犬たちの心配をせずに浴びられたことで、ずいぶんとさっぱりした。気持ちが楽になると、身体も楽になった気がする。身体の芯の熱っぽさと喉の痛みはまだあるが、頭痛はずいぶんましになった。

「本当に何から何までお世話になって、ありがとうございます」

雄大が用意してくれた新品の下着と来客用だというパジャマを身に着け、感謝しかない状況に深々と頭を下げれば、雄大はこちらこそと頭を下げる。

「いやいや。この部屋にポメがいたらどんだけ幸せだろうと思ってたんだが、想像以上に幸せだわ」

探索を終えたポポは、我が物顔でリビングのど真ん中に寝そべり、ワタゲはまだ警戒心が解けないのかポポの後ろにそっと座っている。

雄大は触りたくてうずうずしているが、ワタゲがまだ怖がっているようなのを見て近づくのを遠慮しているようだ。

ダイニングテーブルの椅子《いす》に座り、じーっと見るだけで我慢している。

「なあ、こいつらの写真撮ってもいいか？　ネットにアップしたりとかはしねえから」

「はい。どうぞ」

雄大は勝手に撮影するのは駄目だと我慢をしていたようで、渚の許可を得てから大きなレンズのついたカメラを取り出し、少し離れたところから撮影をし出す。

立ったままから座った状態、ついには床に寝そべってのローアングルの撮影まで始める。

じりじりと腹ばいで距離を詰めると、ずいぶん部屋に慣れた様子のポポも同じだけ後退して距離を取る。

ワタゲにいたっては、テレビ台の横に張り付いて気配を殺していた。

「うう……室内で望遠モードとか切ないんですけどー」

「ポポ、ワタゲ。おいで」

レンズを覗きながらうちひしがれる雄大があんまり気の毒で、すぐ隣に膝をついてポポとワタゲを呼んでみたが、二匹ともしっぽを振るだけでその場からは動かず。

「……すみません。ちょっとまだ緊張してるみたいで——えっ？」

いきなり何をひらめいたのか「そうだ！」と起き上がった雄大に抱きしめられて、軽く頭がパニックを起こしてフリーズする。

「ほーら、ほら。雄大くんと渚ちゃんはこんなに仲良しなんだぞー」

雄大はぱちくりと瞬《まばた》きする渚の頭をなで、髪に頬ずりして謎の仲良しアピールを始めた。

いきなり何事かと悩む気持ちと、すっぽりと腕の中に包まれる感覚に、こんな風に抱きしめられたのは何ヵ月ぶりだろうなんて考えてしまう。

思えば、三ヵ月ほど前から斉藤はろくに家にも帰ってこなかった。

元から斉藤は自分がしたいときに渚に奉仕させるばかりで、ろくに愛してもらったことはなかった。

こんな風に愛《いと》おしげに扱われたことがないので、面食らうばかり。久しぶりに感じる人肌の温《ぬく》もりに血が身体中をぎゅんぎゅん巡るほど心臓が働いて、せっかく治まっていた頭痛がずきんずきんと蘇る。

「えっと、あの？」

腕の中から困惑した表情で見上げる渚に、雄大はにっこりと満面の笑みを浮かべる。

「将を射んと欲すればまず馬を射よっつーが、逆もまたしかり。ワンコと仲良くなりたけりゃ、まずはご主人様と仲良くなるべし！　ってね」

「はあ……まあ、そうですよね」

犬は飼い主と仲のよい人には懐きやすい、と聞いたことがある。

――これもポメラニアンと仲良くするため、か……。

長い腕の温もりは、やっぱり自分のためのものではなかった。今更だけれど何だか落ち込む。

それでも優しい雄大のため、渚も雄大に寄りかかり少々引きつった笑みを浮かべてみた。

「えっと、おまえたちもおいでー。仲良くしよう」

「うおっ？　あー、ほれ、ほれ、仲良しだろー？」

突然寄りかかられて驚いたのか雄大は一瞬たじろいだが、渚を抱きしめる腕に力を込めてさらに仲良しを強調する。

ポポはたたっと近づいては来たけれど、二十センチほど手前で立ち止まって雄大に向かって猛烈に吠え始めた。ワタゲはと見れば、その場でもどかしそうに足踏みをしてキャンッと控えめに吠える。

「あの……焼きもち焼いて逆効果みたいですね」

「駄目かぁ……」

いい案だと思ったのに、とぼやきながらも放してもらえなくて、渚は雄大に抱きしめられたまま口元に手を当てて犬たちに静かにするよう促す。

「ポポ、ワタゲ！　シーッ……うるさくしない」

「大丈夫だ。ここ防音しっかりしてっから」

吠えても可愛いポポに、雄大は軟体動物もびっくりの骨抜き状態にされているようだ。

ぐんにゃりと後ろからのし掛かられて重くて、耳にかかるため息はくすぐったくて、身をよじってしまう。

「んっ、あのっ、重いんですがっ！」

「ああ、悪い。ちょうどいいサイズ感なんで」

雄大は細身だからそんなに重くはなかったが、いつまでも抱きしめられているのは恥ずかしくって、また身体の芯から熱が湧き出してくるように感じた。

振り返って軽く手のひらで胸を押すと、雄大は作戦の失敗が残念だったのか名残惜《なごり》しそうにだが解放してくれた。

「ああ、かっわいいなぁ……ポポちゃん、ワタゲちゃん。って、そうだ、ごはん食べるか？渚ちゃんも」

「あの……『渚ちゃん』はちょっと……」

「悪ぃ、つい」

ポポとワタゲにつられて、渚まで「ちゃん」付けされているのに苦笑いが漏れる。

おもしろい人だなと見つめれば、へへっと微笑み返される。

暖かな部屋に犬たちといられて、笑い合える人がいる——絵に描いたような幸せな光景に、涙が出そうになり慌てて犬たちの方に視線を移す。

「ごはん、食べる？」

雄大の言葉には反応しなかったが、渚からの「ごはん」の一言に、ポポもワタゲも耳をピッとこちらへ向ける。

その動きに、雄大は再びカメラを構えて夢中で撮影を始めるのにまた笑ってしまう。

——本当にポメラニアンが大好きなんだな。

渚はお腹《なか》が空《す》いていなかったが、ポポとワタゲはそろそろごはんの時間だ。

「雄大さんからやってください」

「マジで？　いいのか？」

それぞれのエサ皿にドッグフードを入れて手渡すと、雄大は瞳を輝かせる。

ごはんは手っ取り早く仲良くなるのに有効なアイテム。こんなによくしてくれているのだから、ポポとワタゲには雄大に懐いてもらいたい。

「お皿は少し……一メートルほど離して置いて『待て』をさせてからあげてください」

あまり近すぎると、落ち着きのないポポが「向こうの方が美味《おい》しいんじゃないの？」とでも言いたげにワタゲのエサ皿を覗きに行き、取られまいと焦ったワタゲががっついてむせる、という惨劇が起こる可能性がある。

車内でも左右のはしっこに分かれて食べさせていた。

「ああ、多頭飼いだとそういうのあんだな」

雄大はペットを飼ったのはポメラニアン一匹だけで、大人《おとな》しい子だったようだ。

ごはんをもらえると察しただけでくるくる回って喜んでいるポポと、渚の足に前脚をかけて立ち上がっているワタゲの必死さを、目を細めて見ている。

「ポポ、ワタゲ。おすわりは？　おすわりして」

まずは落ち着かせようと、渚が二匹を座らせた。

床を汚さないよう新聞紙を敷こうとしたが、雄大は「これ以上待たすのはかわいそうだろ」とそのまま床にエサ皿を置いた。

「お利口だなー。よし、いいぞ」

ほとんど「待て」をさせることもなく食べさせた雄大は、がふがふがっつく二匹の食事風景も撮影し出す。

「おいおい、もっとゆっくり食え！　盗《と》らねえから」

雄大は自分が近くにいるせいかと撮影をやめてテーブルへ戻ったが、いつもこうだ。

見慣れていたのでこんなものだと思っていたが、他の犬は違うのだろうか。

「雄大さんの飼っていたポメちゃんは、もっと落ち着いてたんですか？」

「ああ。……甘えん坊で、人の手から一粒ずつ食べるのが好きだったな」

「お淑《しと》やかな子だったんですね」

目の前のがっつき屋に見せてやりたい上品な食べ方に目を丸くする渚に、雄大は少し寂しげに笑う。

「ああ、大人しくて、いい子で……だから、気づいてやれなかったんだ」

雄大がポメラニアンを飼っていたのは、小学生から中学生の間の五年間。知り合いの家で生まれた子犬を、母親がもらってきたそうだ。

丸くてふわふわしたたぬき顔の可愛い子で、家族の誰より雄大が夢中になって世話をした。そんな気持ちが通じたのか、その子はリビングのソファに家族で座っていると、必ず雄大の膝に乗ってきた。

雄大がいなければ、母親。母親もいなければ兄。――父親は仕事が忙しくあまり家におらず、いても書斎にこもっていた。

とにかくその子は誰かにくっついていたい、さみしがり屋の甘えん坊だったそうだ。

冬の寒い日、元から食の細い子だったが、その日は特に食欲がなくて具合が悪そうだった。

しかし両親は共働きで、兄は進学で家を出ていた。そのとき中学三年生で高校受験を控えていた雄大も、学校を休んでまで動物病院へ連れて行ってやることはできなかった。

昼の間に通いの家政婦さんが来て掃除に夕食作りなどの家事をしてくれていたが、犬は苦手な人だったので世話は頼めなかった。

「帰ったら速攻で病院へ連れて行ってやるからな！」そう言って頭をなでる雄大の手を、ぺろりとなめて見送ってくれた。

だけど雄大が帰宅したとき、その子はすでに冷たくなっていた。

あんなにさみしがり屋で甘えん坊だったのに、誰にも看取られず、ひとりぼっちで旅立たせてしまった。

その後悔は雄大の心に重くのし掛かり、それ以来ペットは飼えずにいたという。

「あのとき……学校を休んでついててやれば……」

しんみりと語る雄大の瞳が潤《うる》んで見えて、情の深い人だと感じた。こんな人に愛されていたなら、そのポメラニアンは幸せだったはず。

気持ちは痛いほど分かるが、ペットのために学校を休むなんて親も教師も許してくれない。それに、容体が急変するなんて素人《しろうと》に分かるはずはないのだから、誰も悪くはなかった。

「そんなの、中学生の子供には無理でしょう」

「まあ、そうなんだけどな。けどなぁ……けど……後悔してる」

もう二度と、あんな思いはしたくない。そんな気持ちがあったから、さっきの駐車場でも車内に放置されているらしいポメラニアンを見て心配で、何かしてやれることはないかとのぞき込んでしまったという。

「生きているものは必ずいつか死ぬって、分かってる。でもその時に、後悔しないだけの世話をしてやりたいんだ」

だから、犬を最優先にしてやれる態勢が整うまで飼わないと決めたのだそうだ。

——この人は、やっぱり優しくて情のある人だ。

警戒心が解けると、とても深く息をすることができた。身体中に酸素が行き渡り、指先まで温かくなっていくようだ。

「でも今、雄大さんは在宅でお仕事をされてるんですよね？」

　さっき、隣の部屋が仕事場だと言っていた。それならいつも犬と一緒にいられるのではと思ったが、雄大はそれは在宅業務に対する誤解だと言う。

「家にいるったって、締め切り前は自分がトイレ行く時間すら惜しく感じるくらいなのに、ちゃんとした世話なんてしてやれねぇよ」

「締め切りって、雄大さんは漫画家さんなんですか？」

　アシスタントが来て締め切りがある仕事なんて漫画家くらいしか思いつかなかったが、雄大は違う違うと笑いながら手を左右に振る。

「俺はフリーのデザイナー。広告とか本の装丁とか、そういうのやってんの」

「デザイナーさん、ですか」

　それもクリエイティブな仕事だ。こんなおしゃれで立派なマンションに住めるくらい稼ぎもいいなんてすごい人だったんだと感心したが、雄大は因果な商売だと嘆く。

「フリーのデザイナーなんて、いっつも締め切りに追われてっし、ボーナスも退職金もないから、稼《かせ》げるときに稼がにゃと思うと休めねえし。犬飼うどころか、彼女作る暇すらねぇわ」

「彼女いないんですか？　雄大さん、優しいし格好いいのに」

　素で驚いたが、雄大はお世辞と思ったのか「またまたぁ」と楽しげにけらけら笑う。

「俺とワンコの世話をしてくれる、物好きで優しい女性がどっかにいないもんかねぇ」

ため息交じりに愚痴《ぐち》る雄大には、本当に今付き合っている相手はいないのだろう。見ず知らずの自分に親切にしてくれたし、細身の長身で顔立ちもいいのに彼女がいないのは、やはり仕事が忙しすぎるせいだろうか。

「犬好きで美人で料理上手なら言うことないんだけどなぁ」

何故《なぜ》か、呟《つぶや》きながらカメラを向けた雄大にかしゃりと撮影されて面食らう。

「僕を撮ってどうするんです」

「渚ちゃんも美人だから」

「『ちゃん』はやめてください」

「ごめん。なんか、つい。きれいで可愛いものは可愛く呼びたくなっちゃうのよ」

素直に謝りつつ無邪気に笑う、笑顔が眩しい。

「きれい」だの「可愛い」だのさらりと言える雄大なら、本気で彼女を作る気になればすぐにできそうだと思えた。

「そっちこそどうなのよ？　渚ちゃんは顔面偏差値相当高いからモテっだろ」

やはり「渚ちゃん」呼びをやめない雄大に、あからさまに眉根を寄せて不快感をあらわにしてみたが、にかっと笑顔で受け流される。

悪びれない笑顔に、抗議する気も失せ果てて諦めの境地に達する。

「しかめっ面《つら》しても美人とか、なかなかねえよ？　顎の細い小顔で、目はおっきくてまつげばさばさで鼻筋は通ってっし、唇は小ぶりだけどぷっくりしてるし」

さっき車内で見たとき、等身大のドールが寝かされてるのかと思ったなんて言われて、大げさなと笑ってしまう。

渚は今までに何度かモデルや芸能界に興味はないかとスカウトをされたことがあるので、自分の容姿が人よりいいのだと自覚はあった。

でも、見た目のよさなど大した意味はない、とこれまでの経験で知っていた。

「……顔がいいと言われても、肝心の人に認めてもらえないんじゃ何の意味もないです」

「あー……もしかして、車上生活は恋人と別れたのが原因？」

「ええ、まあ……同棲していた恋人が結婚することになって、それで追い出されました」

「ええっ？　彼女さん、渚ちゃんと同棲中に他の男とも付き合ってたわけ？」

雄大は驚きにこれ以上ないほど目を見開いたが、確かにまともな話ではない。

さらに付き合っていたのが「彼女」ではなく「彼氏」だなんて知られたら、気持ち悪がられるかもしれないので、そこは触れずにおく。

勤め先の社長と同棲していたが、相手が結婚することになったので追い出され、仕事も住む場所も失った、とざっくりとした内容を伝えた。

「はあ……恋愛と結婚は別ってか。渚ちゃんは社長の若いツバメちゃんだったのね」

愛されていると思っていたけれど、相手にとってはただの遊び相手だった。

恥ずかしくて顔から火を噴きそうな話だが、不幸中の幸い。燃え尽きて消し炭すらないので淡々としていられた。

「……やっぱり、そう思われますよね」

唇の端を上げて自嘲《じちょう》する渚に、雄大は顔色を変える。

お互い遊びと割り切って付き合っていたならともかく、渚は本気だったのだからひどい話だと気づいたようだ。

「あ……渚ちゃんの方はマジだったんだ。ごめん！　茶化して悪かった。俺ってば無神経で！」

机に額《ひたい》を擦《す》り付ける勢いで頭を下げる雄大を、気にしてませんからとなだめる。

「気づかなかった僕が馬鹿だっただけです」

今になって思い返せば、都合のいい相手扱いしかされていなかった。それなのに、『彼が自分にだけわがままを言うのは、気を許してくれてるから』なんて都合のいいように考えて、自分は愛されていないという現実から目を背けていた。

「本当に……なんでこんなに馬鹿なのか……」

「落ち込むなよ、こっちまで暗くなるじゃん。……そーだ、何か食おう！」

腹が満ちれば気分も満ちる、という雄大の主張ももっともだ。空腹時はとかく思考が悪い方へと行きがちだ。

渚も食欲はないが、何か食べて風邪薬を飲みたかった。大分よくなってきたようだから、ここで手をゆるめずきちんと治してしまいたい。

車の中にクッキーや経口補水液の買い置きがあるので取りに行こうとしたが、雄大に外へ出たら湯冷めをすると止められた。

「家にも人間の食い物はある」

雄大はエネルギーチャージを謳《うた》い文句にしているゼリー飲料に、ブロックタイプの栄養補助食品にスポーツドリンク、と食欲がないときでも食べられそうな物をずらりと収納棚から出してくれた。

「ずいぶんと用意がいいんですね」

「俺も食欲ねえときは、こういうの胃に流し込むから」

仕事の締め切りが近いときは、こういったもので手っ取り早く栄養補給をしているそうだ。

しかし今はそれほど急ぎの仕事はないので普通に食事をする、と言いつつ雄大は食パンとバターとイチゴジャムに、インスタントの粉末コーンスープの素をテーブルに並べる。

「それが晩ごはん、ですか？」

「ああ、こんなんしかないから弁当買いに行くとこだったんだ」

「す、すみません！　僕のせいで」

買い物前に駐車場で車内のポメラニアンに気づき、そこから現在にいたったため、めぼしい食材がないらしい。

自分のせいで雄大がまともな晩ごはんにありつけないなんて申し訳なくて、深々と頭を下げる渚に、雄大は全然気にすんなとひらひら手を振る。

「俺、あんま食にこだわりねぇし」

「でも、晩ごはんがトーストだけだなんて。せめて、何か付け合わせを作ります！」

あり合わせの食材で何か作れるかも、と冷蔵庫を開けさせてもらって絶望する。

「卵に、魚肉ソーセージに、6Pチーズ……だけ？」

2ドアだがそれなりのサイズがある冷蔵庫の中はがらんとしていて、他にはマヨネーズやソースなどの調味料と飲み物だけで、野菜は影も形もない。冷凍室にもカップアイスに棒アイスと何種類かのアイスクリームのみ。

しかもアイスクリーム以外は、アシスタントに来る人が買ってきてくれたものだと言う。どんな食生活をしているのかといぶかる渚に、雄大は「そんなに変か？」と首をひねる。

「野菜ジュースにコーンスープもあるし、チョコレートだってカカオ豆だろ」

「チョコレートを野菜にカウントしますか……」

他にも食料はあると雄大が見せてくれたストックは、チョコレートにラムネにマシュマロにおせんべい、とどれも晩ごはんにふさわしい食品ではなかった。

キッチンを見れば、アシスタントの人が使うのか調理器具と塩コショウなどの基本的な調味料はそろっている。

ここにある食材で調理できる物は何だろう、と頭を働かせる。

「……チーズとソーセージ入りスクランブルエッグのオープンサンドと、マシュマロチョコトーストならできるかも」

「マシュマロチョコトースト？　何それ、美味《うま》そう！」

「作ってもいいですか？」

「ぜひぜひ！」

雄大は甘党らしく、マシュマロとチョコレートに反応して瞳を輝かせる。

これも晩ごはんとしてはどうかと思うメニューだが、ジャムとバターだけよりはましだろう、と調理に取りかかることにした。

まずはオープンサンドから、と食パンにケチャップを塗って軽く焦げ目をつけ、そこにカリッと炒めた魚肉ソーセージと小さくちぎったプロセスチーズを混ぜ込んだスクランブルエッグをのっけ、スパイシーソルトで味を調える。

「ひとまず、先にこちらをどうぞ」

「おーっ、すげ。ふわとろで美味そう！」

インスタントのコーンスープを添えてオープンサンドをテーブルに出すと、雄大はまさに満面の笑みを浮かべて「いただきます」と手を合わせた。

「んー……んっ……美味っ……美味っ」

がっぷり齧《かじ》り付いて咀嚼《そしゃく》し、口の端についたケチャップをぺろりとなめてひと息ついたかと思うと、また齧り付く。

その笑顔は、つられてこちらも微笑んでしまうほど嬉しそうで、作ってよかったと思えた。何だかうきうきと心ばかりか身体まで軽くなった気がして、渚は続けて調理に戻る。

マシュマロチョコトーストは、そのまますばりマシュマロとチョコレートを乗せて焼くだけ。板チョコをマシュマロとほぼ同じ大きさに割り、まずは板チョコをパンの上に市松模様に並べてオーブントースターで軽く焼く。チョコレートが少し蕩《とろ》けたところでパンを取り出して空けておいた部分にマシュマロを並べ、後はマシュマロに焦げ目がつくまで再び焼くだけ。ほどなくして、チョコレートとマシュマロの絡《から》みつくような甘い香りが漂い出す。

マシュマロは焦げやすいので、油断すると消し炭状態になるので目が離せない。いい感じに焦げ目がついたところですかさず取り出す。

見た目はよくできたが味は気に入ってもらえるか、少しばかりの不安を抱えつつ提供する。

「おおっ、何か未知との遭遇！」

すでにオープンサンドを平らげていた雄大は、ふっくら膨らんだマシュマロのインパクトを目で味わい、甘い香りを吸い込んでから豪快に大きな口を開けて齧りつく。

「あっ、熱いですよ！」

マシュマロは軽くあぶっただけなのでそれほど熱くはないが、溶けた中身はとろりと口内に絡みつくので熱く感じる。

やはり熱かったのか雄大は上を向いて口を開け、ふはっと息を吐く。

「あのっ、大丈夫ですか？」

火傷《やけど》したなら水を持ってこようと思ったのだが、雄大ははふはふと息を吐きながらそのまもぐもぐ口を動かす。

「フワッ、サクッ、トローン」

ただの擬音の羅列だが『美味しい』と伝えたいのだろうと分かるいい笑顔で言われると笑ってしまう。

「俺、これ好き！　あ、さっきの卵のも美味かったけど」

「そうですか。よかった」

「渚ちゃんはお料理上手だな」

「こんなの料理のうちに入りませんよ」

「入る！　立派に料理だって」

スクランブルエッグなんて混ぜて焼くだけだし、マシュマロチョコトーストものせて焼いただけ。誰でもできると思うのだが、それは料理が好きな人の言い分だそうだ。

「いつも食ってるマシュマロが、こんなに美味くなるなんてなぁ」

マシュマロにこんなポテンシャルがあったとは、と謎な感心の仕方をしているのに笑ってしまう。

ふと気づくと、ポポもワタゲもテーブルの足元へ来ていた。どうやら渚が雄大と話し込んでいるので仲間に入りたくなったようだ。

――だけど、斉藤さんと話しているときはこんなことなかったな。

斉藤の家では、二匹は斉藤が家にいるときはケージの中に入っていることが多かった。思えばあの家では、自分もどこか気が張っているところがあったように思う。そんな緊張感が犬たちに伝わっていたのかもしれない。

でも今は、初めて会った人の家で自分でも驚くほどリラックスしている。

それはきっと雄大が優しい人で、そして明日には別れるまるきりの他人だからだろう。

「ポポ。雄大さんに抱っこしてもらいな」

――一期一会のこの時を、いいものにしたい。

そんな気持ちでポポを抱き上げ、食事を終えた雄大の膝に乗せてみると、雄大の胸に前脚をかけて立ち上がりぺろぺろ顔を舐めだした。

「おーっ、ごはんパワーか？　愛想いいな！　おおっ、ふわっふわっだなーっ！」

犬好きでも顔を舐められるのを嫌がる人はいる。大丈夫だろうかと一瞬ひやっとしたが、雄大は本当に愛《いと》おしそうに目を細めるのでほっとした。

渚の足に前脚をかけて抱っこを迫るワタゲは自分が抱き上げ、雄大に顔が見えるよう外向きに抱っこすれば、雄大はポポをなでつつワタゲを目で見て愛《め》でる。

「堪《たま》らん可愛いなぁ……。なあ、彼女さんはこのかんわいーワンコたちも、その……追い出したわけ？」

信じられん、という顔をして訊ねる雄大の気持ちはよく分かる。渚だって「おまえが引き取らないなら保健所行きだ」と告げられたときは、目の前が暗くなるほどショックだった。

「ええ。元々、イメージアップのためのアイテムくらいのノリで買っただけで、犬好きではなかったようです」

「はあ？　ああ、アレか『ＳＮＳ映え』ってやつ？」

「信じられないですよね。だけど、おかげで吹っ切れたとも言えます」

不要になれば生き物の命すら粗末にするような人とは別れた方がいいと思えて、別れは悲しかったがどこかすっきりした気持ちもある。そう言う渚に、雄大は「そらそうだ」と大きく頷《うなず》く。

「そんな女とは別れて正解だ」

たったそれだけの肯定が、目の奥がぎゅんっと痛くなるほどに嬉しい。

素直に別れた自分の判断は正しかったのか、もっと食い下がって愛人としてでもいいから側《そば》にいさせてほしいと縋《すが》るべきだったのでは、なんて考えが心の中にちらちらと浮かぶことがあった。

だけど、これでよかったんだと思うと胃の中にあった何か重いものが溶けていくみたいで、ずっと前屈《まえかが》みだった背筋が伸びる感じがした。

「その社長って幾つだったんだ？」

「確か、三十四歳でした」

「そうか……そりゃそろそろ結婚を考える年だけど、あんたは……」

「僕は二十三歳です」

「そりゃまだ結婚は意識しないよな。しっかし、ひどい女に引っかかっちまったな」

この人はほんの一時、軒を借りるだけの人。そう思うと気楽で、問われるままに話してしまう。

雄大は、渚の相手が『女性社長』だと思い込んでいるようだが、無理もない。世間一般的に『同棲している恋人同士』といえば男女と思うものだろう。

渚だって、斉藤と付き合い出すまで自分が同性と恋愛をするなどと想像もしなかった。

ただ斉藤は、これまで誰にも必要とされなかった自分を求めてくれた人だから愛おしくて、もっと愛してもらえるよう精一杯尽くした。

SNS映えするよう部屋を片付けて、彩りよくきれいに盛り付けた料理を作る。

斉藤も初めは感謝してくれたが、いつしか部屋は片付いていて当たり前で、ちょっと仕事で疲れて洗濯物をたたむのを後回しにしただけでしかめ面をされるようになった。

料理も味より見た目で、写真映えしない魚の煮付けなどは箸《はし》もつけずに捨てられた。

挙げ句の果てには『SNS映え』のネタのためだけに犬を買った。

何の相談もなく、ネットショップで注文したというポポとワタゲが家に届いたときは驚いた。

ペットなど飼ったことがなく、突然のことに戸惑う渚に、斉藤は「適当に世話しといて」と丸投げした。

まだ黒っぽい産毛《うぶげ》のまあるい子犬は、すさまじく可愛かったけれどどう扱えばいいのか分からない。動物病院の先生からの助言やネットの情報を頼りに、手探りでまだ生後三ヵ月の子犬だった二匹を育てた。

一応は宣伝活動に使う犬ということで、職場に連れて行って世話をすることが許されたが、仕事を減らしてもらえたわけではない。

犬好きの女性社員たちが犬の世話は手伝ってくれたが、業務については一人でこなした。家ではトイレの躾《しつけ》から嚙《か》み癖《ぐせ》の矯正《きょうせい》まで一人でやった。

斉藤はそんな渚を見ていただけのくせに、SNSでは『今日もトイレトレーニング失敗……』だの『今日は手作りフードにしてみました』なんて、いかにも自分が世話をしている風を装い、二匹を抱いた自撮り写真をアップしては『優しくて犬好きの健康王子』をアピールしていた。

でもその頃は、好きな人が輝ける手伝いができているのだと嬉しかった。

家事も嫌いではなかったし、犬たちの世話は大変だったがそれ以上に楽しかった。犬たちは可愛がってくれる渚にはよく懐いたが、斉藤にはあまり懐かなかった。

懐かなければ情も湧かないので斉藤はなおさら犬たちに冷たく当たり、渚も「ちゃんと躾しろよ」と罵倒をされた。

冷静に考えれば、それは好きな相手への態度ではないと分かるが、その当時は「至らない自分が悪い」とより懸命に尽くした。

「あんな人を信じて……本当に馬鹿でした」

深いため息と共に自虐の言葉を吐く渚に、雄大は大きくかぶりを振る。

「新入社員たぶらかして弄《もてあそ》んで、条件のいい相手が見つかりゃそっちに乗り換えるなんて、ろくな女じゃゃねぇ。ひどい目に遭ったが、そんな女と結婚しなくてよかったと思えよ。な?」

相手の性別は勘違いされたままだが、必死に慰めてくれる気持ちが嬉しくて、自然に口元がほころぶ。

「ありがとうございます」

「ふおぉ……ホントに美人だな、おい」

微笑んで礼を述べる渚を、目を見開いて凝視した雄大は俯《うつむ》いて何やらぼそりと呟いた。

何と言ったのだろう、と首をかしげて顔をのぞき込めば、雄大は両手を振って「いやいや」なんて苦笑いを浮かべる。

「家も職もなくなっちまったんなら、実家に帰るっつー選択はねえの？」

「実家は……両親が離婚して、それぞれ別に家庭を持ってますので」

「ああ……そりゃ頼りにくいな」

実際は頼りにくいなんてものじゃなく、まったく頼れない。

親がいようが、自分の居場所がないところは『家』とは言えないだろう。

両親にも恋人にも必要とされない自分がとてもつまらない奴に思えて、いったん浮上した気持ちがまたずぶずぶと沈んでいく。

「ずっと、がんばってきたつもりだったけど、全部駄目で……もう、どうしていいのか分からなくなってしまって」

四方を壁に囲まれた気分で、僅《わず》かに空いた天をただぼーっと見上げるように顔を上げた渚に、雄大は満面の笑みを向ける。

「まあ、行く当ても職もないなら、俺にとっては好都合だ」

「え？」

「ここにいればいい。さっきのトースト、めちゃ美味かった。また食べたい、と言うか毎日でも食べたい！　この可愛いワンコたちとも離れたくない！　ということで、ここで俺のためだけのドッグカフェをやってくれ」

「はい？」

「そうか、やってくれるか！」

瞳を輝かせ、膝の上のポポを落っことしそうな勢いでがばっと近づいた雄大に手を握られ、目を白黒させてしまう。

「え？　あのっ、そういう意味の『はい』ではなくて！」

「俺は仕事が忙しくて犬が飼えない。渚ちゃんは、犬は飼ってるけど職がない。そんな二人が出会ったのは、まさに神の采配《さいはい》！」

需要と供給の奇跡のマリアージュ！　とハイテンションになる雄大に、膝の上のポポも興奮したのかキャンキャン吠えかかる。

「ほれ、ポポちゃんも同意してくれてるぞ」

「いえ、それは違うと思います」

「さすが名字が『氷室』だけあってクールな対応。そこにシビれるあこがれるー」

笑顔で茶化す雄大は、ふざけているとしか思えない。けれど、荷物は明日運び込もうとか具体的な話をし出す。

「他に行く当てはないんだろ？」

「それは……そうなんですけど……」

「あんな狭い車内じゃ、ワンコたちがかわいそうだなー。まだまだ寒いし、ワンコたちも風邪引いちまうかもなー」

「ポポやワタゲに何かあったら困ります、けど……」

自分はともかく、犬たちの体調は心配だ。一刻も早く、ちゃんとした部屋で落ち着いた生活をさせてやりたい。

それが、こんなペットにとって至れり尽くせりな部屋だったなら——なんてことを考えてしまった渚の心を見透かしたかのように、雄大はにんまりと微笑む。

「だろ？　だったら、決まりだ！」

「き、決まりって……」

夢のワンコ三昧《ざんまい》の日々が始まるのかー、とポポに頬ずりして感慨深げな雄大に、行くべき道も見えない渚はただおろおろとするしかなかった。

◆

リビングの大きな窓から見える空は淡い水色で、薄い雲が所々広がっている。

一見穏やかそうだが、今日は夜半から雪の予報。

きっと外は寒いんだろうななんて思いながら、渚は暖かな室内でポポとワタゲを念入りにブラッシングする。

ただでさえもっこもこの二匹にブラシをかければ、ふわっふわの綿菓子みたいになる。

「はい、おしまい」

ごろんと横になっていたポポの毛をわしゃわしゃなでてブラッシングの終わりを告げると、ポポは拘束されてたまった鬱憤《うっぷん》を晴らすかのように、猛ダッシュで部屋中を走り出す。

「あーっ、もう。毛が飛ぶっ！」

慌てて床に落ちていた抜け毛を手で集め、粘着クリーナーでコロコロと床を掃除する。

そんな渚の横に、お尻をくっつけて座っていたワタゲは瞳を輝かせて立ち上がり、渚の膝に前脚を乗せて「次は私の番だよね」と期待に満ちた眼差しで見つめてくる。

「なあに？　おまえはもうすんだだろー」

ワタゲの顔を両手で挟んでおでこをくっつければ、ワタゲは「バレたか……」という風に気まずげに渚の鼻の頭をぺろりとなめた。

世話のかかる二匹に眉をひそめるつもりが、微笑んでしまう。

ほんの数週間前の状況からは想像も付かない幸せな時間に、目の奥がつんと痛くなる。

――この子たちの幸せを守るためなら、何だってできる。

「だからって、部屋の中でテント生活する羽目になるとは思わなかったけど」

広いリビングの片隅にあるテントの存在は、なかなかの違和感だ。

青山家の２ＬＤＫの一室は仕事部屋で、もう一室は雄大の寝室。となると、空いているのはリビングだけ。

ということで、ダイニングスペースも合わせると二十五畳もある広いリビングの片隅に、雄大は簡易のテントを設営した。

プライベート空間は欲しかろう、とわざわざ通販で取り寄せてくれたのだ。

広げるだけで設置できる簡易テントだが、親子三人が川の字になって寝られるほどの広さがある。雨や虫の心配もせずにキャンプ気分が味わえるのだから、最近流行のグランピング――優雅なキャンプと思えば贅沢《ぜいたく》な気分になれる。

それに仕事中の雄大は、ほとんど仕事部屋にこもりきりで食事の時くらいしかリビングに来ないので、渚がテントを使うのは寝るときくらい。

後はこうしてリビングで犬たちとくつろいでいられた。

前に住んでいた斉藤のマンションより広いし、何より雄大は二匹がスリッパを齧《かじ》ろうが走り回ろうが「可愛いねー」と喜んで可愛がるので、やりたい放題の生活に毛づやも瞳の輝きも増したとすら思える。

「ふふ……本当に綿毛みたいにもっこもこだね」

ふかふかのワタゲの毛をなでれば、心までふんわりと柔らかくなるようだ。

リビングをぐるぐる回ってストレスを発散したポポは、はあはあ息を弾ませながらワタゲと渚の腕の間に鼻を突っ込み「私も構って！」と猛アピールをしてくる。

「駄目だよ、遊べない。そろそろ雄大さんたちが来るからね」

行く当てのない渚は、結局押し切られてドッグカフェのマスターを引き受けた。

しかし一般的なドッグカフェといえば、犬連れで利用できて犬用のメニューもあったりするカフェだが、ここではポポとワタゲの接客を受けながら飲食するだけで、他の犬が来ることはない。

ポポとワタゲのブラッシングも、『接客係』の身だしなみを整える立派な仕事だ。

犬たちの準備が整ったところで、渚もトレーナーにジーンズから仕事モードの服に着替える。

白いシャツと黒のベストとズボンに、短いギャルソンエプロンを身に着ければ、見た目だけは立派なカフェの店員になる。

だが渚はこれまで、飲食店で働いたこともなければ接客業の経験もない。

――努力をしなければ、この生活も失ってしまう。

ドッグカフェのマスターとして犬たちの可愛さを最大限まで引き出し、味も見た目もよい料理を提供しよう、と気持ちを引き締める。

カウンターキッチンに入り、今日の注文を予想する。

「うーん……昨日の昼はオムライスだったから……今日はパスタかな?」

メニュー表を眺めながら考え込んでいると、遊んでもらえないと悟って大人しくぬいぐるみを齧って遊びだした犬たちが、ぴくんと何かに反応して扉へとダッシュする。

「いらっしゃいませ。雄大さん」

スウェットの上下を着た雄大が、扉を開けてぬうっと現れた。

元から少しくせのある黒髪をぐしゃぐしゃに乱し、眠たげな目はうつろで、高い鼻梁《びりょう》には、さっきまでかけていたのだろう眼鏡《めがね》の鼻パッドの跡がついている。

盛大にぼろぼろになってるなぁ、と締め切り前のデザイナーの過酷な労働状況に呆《あき》れる。

雄大がデザインしたというポスターや本の装丁を見せてもらったが、渚も見たことがあるものや有名作家の本だったりして、この若さでこれだけ立派なマンションに住めるだけのことはあると感心した。

本の装丁にお菓子のパッケージなど、ありとあらゆるところにあふれているデザインを生み出すのがグラフィックデザイナーの仕事。

依頼人が伝えたい内容を分かりやすく、かつ世の人々の目にとまるようインパクトのあるものにしなければならない。文字の書体に大きさ、写真やイラストの配置、そんなものをミリ単位で調節する作業は神経をすり減らす。

だから、息抜きに気晴らしが必要、と分かってはいるのだが――。

「ふおおおおっ、ポメぽよポメぽよ！」

眠そうだった眼《め》をカッと見開いた雄大は、足元にいたワタゲをかき抱いて腹に顔を埋《うず》める。

いきなり仰向《あおむ》けに抱っこされたワタゲは、脚をじたばたさせているが楽しんでいるのだろう、しっぽはぶんぶん振っている。

「おお、ポポもか！　よし来いっ！　――んぶぶっ」

ポポも雄大の足に前脚をかけて立ち上がり、キャンキャン吠えながら自分も構えとジャンプする。すると雄大は屈み込んでポポも抱っこし、二匹の間に顔を埋めて自らを毛まみれもふもふ地獄へと突き落とす。

「はああぁ……癒やされるぅ」

「あの……今日もお疲れみたいですね」

奇行に笑顔を引きつらせる渚に、雄大は二匹を抱いたまま少し気まずげに口の端を上げる。

「眠気覚ましにテンション上げてるだけだから、んな怖がんなくていいぞ」

寝不足過ぎて目を開けたまま寝ぼけているのかとも思ったが、少し気まずげに笑う雄大は至って正気のようなので安心する。

一見乱暴な扱いだけれど、雄大は犬が本気で嫌がることは決してしない。ワタゲもポポもそれをちゃんと分かっているから、雄大に懐いたのだ。

「俺は絶不調だけど、おまえらは今日も絶好調に可愛いな」

仕事が行き詰まっているのか、雄大は渚に向かってため息交じりにぼやく。

お客の愚痴を聞いて励ますのもマスターの仕事。ぴかぴかに磨いたグラスに、スライスしたレモンを入れたミネラルウォーターをお出ししながら話を聞く。

「まだお仕事が終わらないんですか？」

「ああ……明日の昼には杉本《すぎもと》さんが来るから……一日ありゃなんとかなる！　つか、する！」

杉本久未《くみ》は、雄大に仕事を発注しているデザイン会社『レインボークリエイティブ』の社員で、彼女自身もデザイナーなのだそうだ。

杉本は自身の美しさにも気を遣っていて、ストレートの黒髪にタイトなスーツを着こなす二十代後半くらいの美人だ。

「明日は杉本さんがいらっしゃるんですね」

来客の予定を、忘れないようキッチンのカレンダーにメモする。

カフェに客が来るのは当たり前のことなのだが、ここは青山雄大私設ドッグカフェ。客は雄大とその関係者のみ。

しかし雄大は、両面がブラックボードになったカフェ看板まで用意し、白いペンで『渚のドッグカフェ』の飾り文字と見事なポポとワタゲの似顔絵を描く凝りよう。

渚のドッグカフェは基本的には十一時半オープンで、昼時にはランチを提供し、他の時間には飲み物や軽食を出し、十八時にはクローズとなっている。

他の時間は自由に過ごしていいという条件で始めたが、住み込みなので自分の分のついでにと雄大の朝食や夕食も用意するようになった。

洗濯や掃除も引き受け、今ではすっかりハウスキーパーのようになっている。

今日も、徹夜で仕事をしていた雄大とアシスタントの分も、朝食におにぎりと味噌汁をモーニングとして提供した。

昼はカフェらしく洋食メニューなので、他の食事は和風や中華など被《かぶ》らないよう気を配る。

そんな奇妙な暮らしも、半月も過ぎればずいぶん慣れた。

――と思っていたのだが、慣れると甘え出すポポとワタゲのように、雄大も渚に甘えるようになっていた。

「ご注文は？」

犬たちとは調理の間に存分に戯《たわむ》れてもらうことにして、注文を取るべくメニュー表を差し出したが、何故かぷいと顔を逸《そ》らされる。

ランチタイムは、日替わりで二種類のセットのどちらかを選んでもらう形式になっているのに、雄大はそのメニューを見る前から拒否するつもりらしい。

今日のメニューは、明太子パスタとアボカドグラタンの『パスタセット』と、ハンバーグとポテトサラダの『ハンバーグセット』。どちらも具だくさんのミネストローネとパンかライス付き。

雄大は野菜がきらいだが、スープや味噌汁に入れれば食べる。加工をすれば食べてくれるなら、と野菜を使ったメニューを一品は必ず入れるようにしていた。

さほどお腹が空いていないときは、サンドイッチやトーストなどで軽くすませることもあるので、そうするつもりかと思ったが、違った。

「んー……モンブランがいい」

雄大は甘党だが、食事時にケーキを要求されたことはなかった。でも今日は仕事の疲れがピークに来て、甘い物が欲しくなったようだ。

カフェを始めて一週間は毎朝マシュマロチョコトーストを食べていたが、さすがに食傷気味になったのか、このところは三日に一度くらいになった。

しかし甘い物が好きなのに変わりはなく、日に一度は甘い物を食べたがる。

それはいいのだが、ちゃんとした食事をしてからにしてほしい。

「只今《ただいま》はランチタイムですが」

「モンブランが、食いたい」

ワタゲとポポに頰ずりしながら、上目遣いで見てくる雄大は大きなだだっ子のよう。

雄大本人が『見た目は大人、中身は子供！』と自称しているだけはあるわがままさ。

ケーキはさすがに作れないし常備もしていないので、注文が入ればその都度《つど》ケーキ屋まで買いに行かなければならない。

ケーキ屋は徒歩で十分ほどの場所にあるので大した手間ではないのだけれど、時間を決めておかないと、食にこだわりのない雄大はまともに食事をしてくれないのだ。

雄大にとって仕事中の食事はサプリと栄養補助食品が主食で、栄養補給ができればそれでいいというのだから呆れる。

仕事が趣味で生きがいの雄大は、すべて仕事が優先なのだ。

普段なら身体のことを考えてわがままは許さないのだが、今の雄大は修羅場《しゅらば》のまっただ中で疲れ切っている。

ケーキを食べれば食欲が出て、他の物も食べてくれるかもしれない。

「分かりました。買ってきますからちょっと待ってて――」

「もーっ、ボスはまぁたわがまま言ってんすか？」

廊下にも会話が漏れていたのだろう。扉を開けて入ってきた中野真治《なかのしんじ》に開口一番たしなめられた雄大は、余計なことを言うなとばかりに真治を睨《にら》み付けたが、真治は気にする風もなく大きなあくびを漏らす。眼鏡を持ち上げ、まだ眠っているかのような細い目を擦りながらテーブルに着いた。

どうやら真治は仮眠をしていたようで、ほっぺたに枕のしわの跡がくっきりついていて、こちらもかなりぼろぼろだ。

一昨日《おととい》から泊まり込んでいる真治は、雄大の仕事が忙しくなるとやって来るアシスタント。フレンドリーな性格で、アシスタントといっても年下の友達という感じで雄大と付き合っている。

「甘やかさないで放っときゃいいんですよ、渚さん」

真治は渚と同じ年の二十三歳だが、渚より先に雄大に雇われていたのだから職場の先輩といえる。だがいつも美味しい食事を提供してくれる渚を「渚さん」と呼んで何かと肩を持ってくれる。

「いえ。ちょっと買いに行くだけで、そんなに手間ではないですから」

ありがたい心遣いに微笑めば、眩しげに目を細めた真治からは「今日も美人すねー」なんて軽口が返ってくる。

変わった職場だけれど、お客はみんないい人だ。

この人たちに満足してもらうため、できることは精一杯やりたい。

「ポポ、ワタゲ。買い物に行ってる間、接客を頼んだよ」

「ポポちゃん、ご主人様をこき使うこのおっさんを嚙んでやれ！」

ポポの首筋に顔を埋めてスーハー匂《にお》いを嗅《か》いでいる、変態じみた雄大に真治は露骨に眉をひそめたが、雄大は「手入れの行き届いたワンコの匂いはたまらんぞー」とご満悦だ。

「おまえも吸うか？」

「いえ、俺はワンコはたしなむ程度なんで、なでなでで十分です」

真治は猫派でキジトラ猫を飼っているそうだが、雄大から差し出されたワタゲを受け取り、ふわふわの頭をそっとなでる。その優しい仕草に、ワタゲはなでてもらったお礼とばかりに手のひらを舐める。

ワタゲは賑《にぎ》やかな雄大より、穏やかな真治の方が好きらしく彼によく懐いた。

ほのぼのした世界に心がほんわかと軽くなり、フットワークも軽くなるというもの。

渚はエプロンを外してダウンジャケットに手袋、と手早く防寒着を身に着ける。

「真治さんもケーキを買ってきましょうか？」

「んー、昼飯にケーキってのはちょっと……俺はパスタがいいです」

食に執着のない雄大と違って普通の感覚を持った真治は、食事時はちゃんとしたごはんが食べたいようだ。渚がくるまでは、目玉焼きや野菜炒めなど簡単な調理はして食べていたという。

「ランチはちゃんと作りますから。デザートかおやつにご入り用でしたら――」

「渚ちゃんは、俺のモンブランを買ってきてくれればいいんだ。猫派にはそこらへんの猫草でも食わせておけ！」

「そういうこと言っちゃいます？　……これを見ても、まだ猫派をディスれますかね？」

にやりと微笑みつつズボンのポケットからスマートフォンを取り出した真治は、何かの動画を表示させて雄大に突きつけた。

「ふおおっ、虎姫《とらひめ》ちゃーん！　相変わらず美人ちゃんでちゅねー」

真治からスマートフォンをひったくった雄大は、真治が飼っている猫の動画に釘付けになる。

「ほーら、ポポ、ワタゲ。ニャンコさんだよー」

可愛いねぇ、とポポたちにも見えるようにスマートフォンを傾けながらデレデレし出す雄大は、犬派だが猫も好きなようだ。

雄大が動画に夢中になっている間に、さっさとケーキを買ってこようと渚は足早にリビングを後にした。

「うう、寒いっ」

玄関を出た途端、マフラーに首をすっこめたくなるほどの寒さだけれど、よく晴れた冬の日は何だか清々《すがすが》しくて気持ちが引き締まる。

そんな風に思えるのは、暖かくて居心地のいい家で暮らせているからだろう。

この暮らしを与えてくれた雄大のためなら、少しくらいの寒さなどどうということもない。

エレベーターを降りると広がる、御影石《みかげいし》と樫材《かしざい》をふんだんに使った豪華なエントランスは、何度通っても感心するほど立派だ。

「……彼のマンションも素敵だったけど、それ以上だ」

初めて斉藤のマンションに招かれた日の高揚感が胸に蘇り、同時にそこを追い出された日のことも蘇って胸の痛みに俯いてしまう。

――浮かれてはいけない。

ここも所詮《しょせん》、かりそめの宿。自分の家ではないのだから。

マンションの外へ出て、五階の雄大の部屋を見上げる。あそこに、自分がケーキを買ってくるのを待っている人がいる。

「……それで、いいじゃないか」

帰れる場所があるだけで幸せだ。多くを望んではいけない、と自分に言い聞かせる。

幸せはいつだって、儚《はかな》く消えていく夢のようなもの。

大きく息を吸い込めば、冷たい空気が肺を冷やして心を冷静にしてくれる。

この幸せを少しでも長く続かせるためには、有能なドッグカフェのマスターでなければならない。

「早く帰って、ランチも作らないと！」

雄大は食べなくても、真治の分は必要だ。それに雄大は、人が食べているものを欲しがったりする。

そういう食い意地の張ったところがポポに似ていて、可愛いと思う。

年上の男性に「可愛い」はどうかと思うが、雄大は無邪気な少年のようで世話のしがいがある。

今夜はまた修羅場だから夕飯はいらないだろうが、一段落ついた明日の夕飯はちょっと豪華にしたい。その前に、杉本が来るから彼女をもてなす用意もしなければ。

渚は張り切って小走りにケーキ屋へ向かった。

渚が出かけている間、雄大は猫動画を見て休んでいたのかと思いきや、仕事をしていたようだ。

かまってもらえないポポとワタゲはリビングに寝転がり、雄大と真治はテーブルに印刷したチラシを並べて見比べていた。

帰ってきた渚に、雄大は刷り出した紙を繋《つな》げて横長にしたものを高く掲げて見せてきた。

「なあなあ、渚ちゃん。顔を上げずこれをちらっと見て、一番に目に入るのってなーに？」

モニターで見るのと印刷されたものでは見え方が違うので、雄大はよくこうして刷り出したものを見ていることがあるが、高く掲げる意味は何なのか。

よく分からなかったが、とにかく聞かれたことに答えてみる。

「え？　えーと……『今年もヤツが大暴れ！』って台詞でしょうか」

「『ヤツ』って誰か、気になる？」

「はい。あ、ヤツってその写真のナマズですか？」

大暴れする『ヤツ』とは何者か気になって視線を上げると、ドドンと正面顔のナマズと目が合い、何だか笑ってしまう。

「オッケー。やっぱこれが一番いい感じっすね」

横で渚の反応を見ていた真治が安心したように息をつく。

渚はただ単純に目に入った言葉が気になって顔を上げたのだが、それが狙いだったようだ。

改めてしげしげと見れば、水族館の宣伝のようでナマズの写真から手描きの稲妻《いなずま》のような黄色いビカビカした光線が放たれている。

どうやらデンキウナギの放電シーンを見せるイベントがあるようだ。

「どうして高い位置から見せたんですか？」

キッチンでケーキとランチの用意をしながら、さっきの奇妙な見せ方について聞いてみると、単語帳のような紙の束をめくっていた雄大は顔を上げる。

「これ、電車の中吊りだから、実際に目にする高さにしてみたんだわ。手に持って眺めるチラシと、電車の中吊りの広告じゃ最初に目に入る位置が違うだろ？」

「なるほど、そうですね」

言われてみれば確かにそうだ。

手にしたチラシなら上から下へと視線が動くので、『春物大バーゲン』などの一番伝えたい言葉は上の方がいい。それに対して中吊りなら、ふと顔を上げたときに視界に入る下の方に大事な言葉を入れて興味を惹《ひ》かなければならない。

『今年もヤツが大暴れ！』なんて言葉が目に入れば、「何がどう暴れるの？」と気になって見上げてくれる人が出るだろうと踏んだのだ。

広告のデザインでは、どんな言葉を入れるかだけでなく、どこにどう配置するかも重要なのだそうだ。

見た人の興味を惹くだけでなく、読みやすさも考えるのがデザイナーの仕事。

漢字が多い文章とひらがなばかりの文章では、文字の詰まり方が違って見える。同じ字数でも均等に字間を開けると漢字だらけだと窮屈だし、ひらがなばかりだとすかすかに見える。だからデザイナーは、字と字の間を手作業で詰めたり開いたりする字組みをする。

「単に文字をバランスよく配置するだけなら、ＡＩに仕事をとられちゃいますからね」

人間ならではの感性を働かせなきゃ、と自分の頭を指す真治に、雄大も大きく頷く。

「興味を惹けりゃ何でもいいってわけじゃなく、意味のない色や物は極力入れないとか気を遣うのよー。広告に『嘘・大げさ・紛らわしい』は御法度《ごはっと》だから」

渚が勤めていた斉藤の会社では、商品の宣伝はとにかく目立って売れればいいという感じで、『あの有名人も使ってる！』『セレブ御用達』なんて思わせぶりな台詞がこれでもかというほどちりばめられていたから、そんな制約があるとは知らなかった。

「いろいろ制約があって大変なんですね」

「んー、でも、それも踏まえて考えんのが楽しいんだよ」

屈託のない笑顔で語る雄大は、本当にデザインの仕事が好きなのだろう。

あんまり楽しそうだから、つられて自分も仕事をがんばろうと前向きになれる。

もっといろいろメニューを考えた方がいいのかもしれないと思いつつ、まずは今日のランチ作りに専念する。

ミネストローネはできていたし、アボカドグラタンもいい感じに焼き上がったので、パス夕の前にまずはそれを真治に提供する。雄大には、モンブランと紅茶だ。

「用意できましたので、お仕事はまた後にしてください」

「おう、いただきます」

「いただきます」

念願のモンブランを嬉しそうにいただく雄大の横で、真治は熱々のアボカドグラタンを頬張り、熱さに口をはふはふさせながらも笑顔を見せる。

「初めて食べたけど美味いですね、アボカドグラタン！」

もう一さじ、とスプーンを入れれば蕩けたチーズが長く糸を引く。それをくるくるたぐり寄せてまた口に含んで味わう真治の顔は幸せそうで、こちらも嬉しくなって笑顔になれる。

「お口に合ってよかったです」

半分に切ったアボカドを器にして作るアボカドグラタンは、見た目も味もいいが意外と簡単に作れる。

くりぬいた中身をさいの目に切り、マヨネーズとプレーンヨーグルトとツナとを混ぜ合わせて皮の中に詰める。後は半分に切ったプチトマトと蕩けるチーズを乗せてパン粉を散らし、耐熱皿に乗せてオーブンで焦げ目がつくまで焼くだけ。

「へえ……一口」

美味しそうに食べる真治に、やはり雄大は興味をそそられたようでアボカドグラタンへフ

ォークを持った手を伸ばす。

「ああっ、何すんですか！」

味見をさせろと迫る雄大から、真治は取られてなるかと皿を遠ざける。

「もう半分ありますから、ちょっと待っててください」

この展開を予想して、というか期待して、残ったアボカドグラタンも焼けばいいだけの状態にしてあった。

まだオーブンは熱が残っているし、すぐに焼けるからと待ってもらう。

「熱いですから、気を付けて」

少し焦げ目がついたチーズがぷくぷくと泡立つ熱々のアボカドグラタンを目の前に出すと、猫舌気味の雄大は一さじすくってフーフー念入りに冷ましてから口に運ぶ。

「んっ、美味っ！　トロッとにカリッとがたまらんなー」

もっちゃりしたアボカドにチーズが絡み、そこに焦げたパン粉がいいアクセントになる。

「これ、ツナもいいけど、エビでもいいかもな」

「そうですね。では、次はそうしてみます」

「ぜひぜひ！」

気に入っていただけたようなので、アボカドグラタンは常設メニューに決定する。

元から料理は好きだったが、美味しく食べてもらえると嬉しくてさらにやりがいを感じる。

この職場を与えてくれた雄大への感謝を込めて、もっと料理をがんばらなければと渚は自分自身に気合いを入れた。

◆

「今日も情け容赦なく可愛いなー」

朝のうちに仕事を仕上げた雄大は、リビングでポポとワタゲと戯れながら杉本を待っていた。

杉本は、犬を見るのは好きだが適切な接し方が分からないらしく「抱っこして落としたら怖い」と言うので彼女が来ると二匹はケージに入れなければならない。

最近はデータでやりとりできるが、実際に印刷されたものを見ながらでなければできない作業もある。その場合はバイク便などを使うが、杉本はなるべく自分で来る。

杉本もデザイナーだから直接意見を交換したい、という名目でやって来るけれど、それだけではないとすぐに気づいた。

「お疲れ様でした。さすが青山さん。このインパクト、絶対受けますよ！」

受け取った広告に目を通した杉本は、雄大に向かってあでやかに微笑みかける。

杉本はメイクや髪型も、朝だけでなく夜に来てもびしっと決まっていて隙がない。

単に普段から身なりに気を遣っているのかもしれないが、雄大を見つめる眼差しは尊敬にしては熱っぽい。

雄大は「出会いがない」なんて嘆いていたが、こんな美人の熱視線に気づかないようではそりゃあ彼女なんてできないだろう、と苦笑いが漏れる。

「それからこちら、先日の刀利《とうり》先生のカバーです」

杉本は雪の結晶をイメージさせる美しいネイルアートを施した手で水族館のイベントの広告のデータを封筒にしまい、前に雄大がデザインした小説のカバーの刷り出しを取り出す。

実際に印刷所で仮印刷したものが予定通り再現されているかチェックする『色校』という工程があって、タイトルやあらすじに誤植がないかも確認する大事な作業だそうだ。

テーブルに広げた印刷物を見るなり、雄大は表情を曇らせる。

「ありゃ。蛍光ピンクが無駄にがんばってすげえことになってるな」

通常の印刷はC「シアン」、M「マゼンタ」、Y「イエロー」、K「ブラック」の四色を使うが、これだけでは理想の色が出せないことがあるので、特色という別の色を足すことがある。

特色には金や銀や蛍光色があって、今回は肌の発色をよくするため蛍光ピンクを使ったのだが、その発色がよすぎたようだ。

素人の渚から見れば華やかでいいと思ったが、プロの目で見れば派手すぎて駄目らしい。

杉本もそう感じていたらしく、頷いて同意する。

「ちょっと作品のイメージから外れますよね。それから、タイトルを引き立てるのに背景の色調を『もっとオレンジ色にして朝焼けっぽく』という指定も入りました」

「肌と、背景の色調の直し、ね……戻しは？」

「明後日《あさって》の朝九時にバイク便を手配します」

見るつもりはないが、目の前に広げられれば嫌でも目に入る。

出版前の本の表紙が見られるなんて、何だか得をした気分になる。

この小説家、刀利栄一《えいいち》は作品がドラマ化もされている有名作家。こんなすごい人の本のデザインを任されるなんて、やはり雄大は優秀なのだと思い知る。

そんな雄大を家事でサポートできるなんて、ちょっと誇らしい。

仕事部屋にはゲラと呼ばれる小説の刷り出しもある。タイトルの色や配置を考えるのに、内容が分かっていた方がイメージしやすいのだそうだ。

拾われた最初の日、雄大が「仕事部屋に入られると困る」と言ったのは、そういった発売前に外へ漏れたら大変なことになるものが実際にあったからだった。

けれども今は、渚の前で堂々とそれらを広げている。

信用されていると思えて嬉しくなって、その信頼に応えられるよう真面目に自分の仕事をこなさなければと決意を新たにさせられる。

——明後日の九時にバイク便が来るなら、その時間は家にいないとね。

仕事明けなら雄大は寝てしまっているかもしれないから、対応できるよう予定をカレンダーに書き込む。

印刷物を広げての作業中は汚さないよう何も出せない。杉本が印刷物を封筒にしまってから渚の出番だ。

事前に用意していたケーキを銀色のトレーに並べ、実際に見て選んでもらう。

「イチゴのタルトと、ザッハトルテとチーズケーキ。どれになさいますか？」

「先生がお先にどうぞ」

レディファーストで杉本に訊ねたが、雄大が大の甘党と知っているからか先を譲った。

雄大はモンブランが一番好きだが、昨日食べたばかりなので除外した。二番目に好きなものは何だろうと答えを待つ。

「うーん……んじゃあ、ザッハトルテかな」

「では、私はイチゴタルトをいただきます」

「お飲み物は？　本日はリンゴのローズティーがございますが」

「リンゴと薔薇《ばら》のフレーバーティーですか？」

「いいえ」

杉本は普通のフレーバーティーを想像したようだが、ちょっと違う。香りを楽しめるのはリンゴだけ。ローズは見てのお楽しみ、と用意をする。

四つ切りにして芯を取った皮付きリンゴを、なるべく薄くスライスして砂糖を振ってレンジでチン。後はしんなりしたリンゴを幾重にも巻き、薔薇の形にしてカップに入れる。

「リンゴで薔薇を作ってあるんですね」

「はい。そこに紅茶を注ぐと……」

「きゃー、花が開いた！　素敵」

「へえ、きれいなもんだ」

緩く巻かれていたリンゴが紅茶を注ぐことでふわりと広がり、まるで薔薇が咲いた瞬間を見たような高揚感が得られる。

動画を撮ればよかった！　と残念がる杉本に、雄大のカップに紅茶を注ぐところを撮影させてあげた。

紅茶は雄大の好みでセイロン。雄大は甘党なので、さらに蜂蜜《はちみつ》を加えて甘く仕上げる。

「うーん、いい香り。フレーバーティーより香りがフレッシュでこっちの方が好きかも」

「うちのマスター、いい腕してるでしょ」

リンゴと紅茶の香りにうっとりとなる杉本に、雄大はドヤ顔で自慢する。

そんなに大したことはしていないのに褒められて、首筋がくすぐったい感じがするが、正直嬉しい。

ＳＮＳ映え命な斉藤のために覚えた淹れ方だが、ここにきて役立てられてよかった。

人生に無駄なことなどひとつもない、なんて言うけれど本当かもと思えた。

「あ、ちょっと失礼」

テーブルに置いていた雄大のスマートフォンに着信が入った。「お世話になってます」なんて丁寧な口調から仕事先からだと分かる。

フリーデザイナーの雄大は、複数の会社から仕事を受けているので、仕事が重なることがあるのだ。

雄大が通話中は、渚が客をもてなさなければ。

「お茶のお代わりは如何《いかが》です？」

「ありがとう、いただきます。――ねえ、青山さんって、どんな料理が好きなの？」

リビングに移動して電話を続ける雄大を横目で見つつ、杉本はこそっと小声で訊ねてくる。

やはり雄大に気があるから好みが知りたいのだろう。

「そうですね……この前お出しした、アボカドグラタンはお気に召していただけたようです」

「アボカドグラタン？　作るの大変そうねー」

「いえ。結構簡単ですよ」

作り方をざっくりと言ってみたが、杉本は「やっぱり面倒そう」と、きりりと整えられた眉をひそめる。

「無理だわ。私、料理苦手なの」

「今時はレトルトや総菜が豊富ですから、料理くらいできなくてもいいじゃないですか」

美人で仕事ができて家事まで万能なんて、そんな人には敵《かな》わない――そう考えてしまって、彼女と張り合おうとしている自分に驚く。

どうして雄大の仕事相手にライバル心を持つのか、不思議な気持ちで考え込む渚に気づかず、杉本はため息交じりに愚痴る。

「だけど、やっぱり料理できる女ってポイント高いでしょ。それに青山さんがこの前会社にいらしたとき、うちの社長から最近顔色いいですねって言われて『毎日美味いもん食ってるから』って、すごく自慢げでしたからね」

「え？　そうなんですか？」

「その才能、ちょうだい！」

雄大好みの料理を生み出す渚の手を、杉本はキッチンカウンターから身を乗り出してがっちり握る。

「ちょうだいと言われましても……」

杉本のすごい目力に気圧《けお》されてたじろいでいると、電話を終えた雄大が戻ってきてくれた。

手を握った二人の間に割り込むみたいに、ずいっと身を乗り出してくる。

「すみません。仕事の電話で」

「いえいえ。さすが青山さん、お忙しいんですね」

さっきまでの鬼気迫る勢いはどこへやら。杉本は柔らかな笑顔を雄大に向ける。

自分と二人の時と雄大がいるときでは、杉本の声のトーンがまるで違う。

恋する女の人ってこんなに可愛いんだ、とこれまで女性とは努めて距離を取ってきた渚には新鮮で、思わず微笑んでしまう。

普段の雄大は、お菓子の新商品を見つけたなんてことで子供みたいに大喜びしているが、パソコン作業中はブルーライトカットの眼鏡をかけているせいか知的でできる男に見える。

犬好きで親切で、普段は少年っぽくて仕事中は格好いいなんて。

雄大と恋仲になれたらと願う、杉本の気持ちはよく分かる。

——好きになって当然だよね。

口には出せない同意を込めて杉本の横顔を見つめれば、雄大は不機嫌そうに頭をかきながら杉本と向き合う。

「んで悪いんですけど、ちょい急いで仕事しないとまずいことになったんで……」

「雄大さんはお仕事をしてください。おもてなしは僕が」

ここはドッグカフェのマスターとしてきちんと杉本の接客をしなければ、と張り切ったが雄大は不機嫌というか不満げというか、眉間にしわを寄せたまま。

もう自分のケーキは食べ終わっているのに、と思ったが残ったチーズケーキに未練があるのだろうと気が付いた。

「チーズケーキはちゃんと置いておきますから、ご心配なく」

「私も仕事がありますので、お茶だけいただいたら失礼します」

雄大が食べなかった場合は渚がいただくが、渚はさほど甘い物が好きなわけではない。杉本もケーキのお代わりをする気がないと告げると、納得してくれたようだ。

雄大は未練げに振り返りながらも仕事部屋へと向かった。

「雄大さんはケーキさえあればご機嫌ですから、料理はできなくても大丈夫だと思いますよ」

「だといいけど。ところで渚くんは、青山さんがどういうタイプの人が好きか知らない？」

最初に出会った日、「犬好きで美人で料理上手」が好みと言っていた。しかしその事実を、料理が苦手と言い切る杉本に告げる勇気はなくて適当にはぐらかす。

「えーっと……真治さんならご存じかもしれませんね」

「真治くんにはもう訊いたけど、今の推しは『ラキ☆ラキ』の萌美《もえみ》って言われて……二次元じゃ参考にならないっての」

「『ラキ☆ラキ』の萌美……ですか」

『ラキ☆ラキ』は最近放送されたアニメという程度の知識しかなかったのでスマートフォンで検索してみると、萌美は眼鏡美人の学級委員長だが天然ボケの癒やし系キャラのようだ。

美人だがしっかり者の杉本とはイメージが合わない。

「うーん……好きなのは、容姿なのか性格なのか」

「私も眼鏡にしようかな」

どうやら杉本はコンタクトレンズをしているようだ。雄大の好みが単に眼鏡の似合う美人なら、眼鏡に替えれば条件が合う気がする。

また機会があったらそれとなく聞き出してほしいと渚に頼み、杉本は帰っていった。

「雄大さんの好きなタイプって……おまえらかな？」

ケージからポポとワタゲを出してやりながら問いかけたが、当然答えは返ってこない。自由になった喜びにはしゃいで走り出すポポと、つられて走り出すワタゲの可愛さに頬が緩む。

ふとリビングのローテーブルに目をやると、雄大の眼鏡が置かれていた。

雄大はパソコンのブルーライト対策で、仕事中だけこの眼鏡をかける。

今頃どこへ置いたか探しているかも、と雄大の元へ持っていこうとして、自分がかけたらどうなるか気になってかけてみた。

「何だか、世界がセピア色」

ブルーライトカットの眼鏡は、その名の通り青い光を遮蔽《しゃへい》するので視界が黄色っぽくなって、何だか色あせて茶色っぽくなった写真を見ているようで変な感じだ。

見た目も変なことになっているのでは、と洗面台の鏡で見てみようとしたが、廊下へ出たところで雄大と鉢合わせした。

「あれ？　あ、俺の眼鏡か」

雄大は渚が眼鏡をかけているのに驚いたようだが、すぐに自分の眼鏡だと気づいたようだ。

ちょうどこの眼鏡を取りに来たのだろう雄大に、慌てて眼鏡を外す。

「す、すみません！　えっと、その……ブルーライトカットの眼鏡ってどんな感じかなって気になって、勝手に……すみません」

外した眼鏡を返そうとしたが、雄大は受け取った眼鏡を再び渚に装着させる。

「あの？　に、似合います？」

「うん、似合う。俺がかけたらオタク度が上がるのに、渚ちゃんだと可愛くなるって不思議」

「……雄大さんは、その……眼鏡が似合う人がお好きなんですか？」

「うーん、特に眼鏡好きってことはないけど、眼鏡してても可愛い人は好き、かな？」

「そういえば、杉本さんもコンタクトをやめて眼鏡にしようかなとかおっしゃってましたよ」

彼女も知的な雰囲気の美人だから、眼鏡をかけても似合うだろう。

眼鏡美人に興味を示すかと思いきや、雄大は同業者として目の問題と捉えたようだ。

「ああ、杉本さんドライアイになったか？　俺はコンタクトしたことないから分からんけど、合わない人はきついらしいからな」

「そうですね。でも、えっと……杉本さんほどの美人なら、眼鏡も似合うでしょうね」

「んん？　渚ちゃんは眼鏡フェチ？」

「いいえ」

「んじゃあ、杉本さんみたく『できる女』系が好みってこと？」

雄大は渚が『できる女社長』と恋仲だったと思い込んでいて、渚が杉本に気があるのではと勘違いしたらしい。

「好みなんて……こんな僕でも好きになってくれる人なら、贅沢言いません」

「え？　何それ！　『好きですっ』つったら渚ちゃんと付き合えんの？」

「……いいえ。そういうのはもうこりごりです」

「ですよねー……」

好きだと言われて舞い上がって付き合った結果、路頭に迷うことになったのだ。

雄大に拾われていなければどうなっていたことか。

――この恩に報いるべく、もっと家事をがんばらないと。

決意を新たにする渚に気づかず、雄大は好みのタイプについて考え込んでいるようだ。

「俺も男女問わず仕事ができる人はいいと思うけど、杉本さんは杉本様って感じで女王様系美人だからなぁ。俺は恋人にするなら、一緒にいてまったりできる人がいいな。『様』より『ちゃん』とか『たん』が似合う、おっとりした清楚《せいそ》系が好みかなー。渚ちゃん」

「そうですか……」

「リアクション、薄っ！　……でもそこがいい」

雄大は、仕事ができる人を評価する。だとしたらマスターの仕事をがんばれば、ずっとここに置いてもらえるはず。そんなことを考え込んでいると、雄大はいつもの好奇心旺盛なキラキラの眼差しで、俯き加減になっていた渚の顔をのぞき込んでくる。

「渚ちゃんはどういう人がタイプなんだ？」

「好みのタイプ、ですか……特にないです」

「好みの顔とか、性格とかないの？」

「顔にこだわりはないし……優しい人がいいとは思いますが……」

「んじゃあ、付き合う決め手にすることとってなーい？」

本当に考えたことがなかったので答えられないのだが、雄大はけちけちしないで教えてよ、と引き下がらない。

仕方なく、次に付き合うとしたらどんな人がいいか考えてみる。

「ええっと……そうですね、犬好きは絶対ですね」

「それはそうだよな。――クリア。で、他は？　どーいう人とか、イベントにときめくわけ？」

「ときめき、ですか。そうですね……えっと、ロマンチスト？」

「ロマンチストォ？」

雄大から名前を褒められたとき、「穏やかな冬の海みたい」なんてロマンチックな表現をされて嬉しくてどきどきした。

あれもときめきかな？　と他に思いつかなかったので言ってみたのだが、雄大は「そうか、そうか」と何度も頷く。

「ロマンチストかぁ……ロマンって何？　薔薇とか、一筋の流れ星とか？」

『ロマンチスト』とはなんぞや？　と考え出してしまったようだ。雄大は考え事を始めてしまうと周りの声も何も聞こえなくなるので、その前に現実に引き戻す。

「あの、雄大さん？　急ぎのお仕事が入ったのでは？」

「うおっ、そうだった！　渚ちゃん、コーヒー淹《い》れて！」

「はい」

ブルーライトカットの眼鏡を握りしめてドタバタと仕事部屋へ戻る雄大の背中を、苦笑いを浮かべつつ見送った渚はコーヒーを淹れるべくキッチンへ戻った。

◆

急ぎの仕事と小説の表紙の直し、と立て続けに仕事を終えた雄大は、いつもなら夕飯を食べたらベッドへ直行なのだが、今日は珍しく夕飯後に買い物へ出かけた。

雄大は疲れているだろうから買いに行くと申し出たのだが、「自分で選びたいから」と断られた。

車のキーを持って出たので、どこか遠出をしたようだ。

遅くなるかもしれないから先に風呂に入っておくよう言われたので風呂は先にすませたが、

まだ寝るには早いし、雄大を待っていたい。

ちょうどテレビで人気のカフェを巡るグルメ番組をやっていたので、何か新しくて雄大が好みそうなメニューがあるかもと期待して見る。

風呂上がりのぬくぬくの膝にポポをのせ、横にぺったりとくっつくワタゲをなでながら、くつろいでテレビを見ていられる幸せ。

斉藤の家では、斉藤が帰ってくるまでは風呂にも入らず、食事の用意もきっちりして待っていたが、連絡もなく帰ってこない日もあった。そんな日は日付が変わるまでは待って食事だけして眠り、朝になってからシャワーを浴びて出勤したものだった。

それに比べて、雄大は仕事が忙しくて食事や風呂に時間を割く余裕もないときは、あらかじめ渚だけ好きにするように言ってくれる。

そうして自分の食事は、栄養補助食品ですませているようだ。

雄大の時間に合わせて食事を作るからと申し出ても、「がっつり食うと消化にエネルギー使って眠くなるし調子が狂う」と受け入れてもらえない。

仕事に支障が出ると言われればそれ以上強くも言えず、引き下がるしかなかった。

それに、仕事以外の時の雄大は、あれこれ食べたいと積極的に注文を出してくる。

今も雄大が一緒にこの番組を見ていたら「あれ食べたい。作れる？」と聞いてきて、テレビを見ながらでも会話があって楽しいだろうに。

ポポやワタゲにも語りかけられるが、返事は返ってこないのが物足りない。

ここに雄大さんがいてくれたら――なんて贅沢な考えを、軽く首を振ってかき消す。

雄大は、渚の家族でも恋人でも何でもない。ただドッグカフェのマスターとして置いてくれているだけ。

何かを望むなんておこがましい。役に立つことだけを考えなければ。

グルメ番組が終わると他に見たい番組もないのでテレビを消して、さっきの番組で気になったワッフルチキンをスマートフォンで検索してレシピを調べる。

ワッフルにフライドチキンをのせてメープルシロップをかけるなんて、甘い物好きな雄大ならきっと気に入るはず。

「ワッフルメーカーがないと無理みたいだね」

返事はなくとも、話しかければポポは渚の顔を見て首をかしげて聞いてくれているようで、独り言も捗《はかど》る。

「でも、ホットケーキで代用しても味的には同じかな？　ホットケーキをサクッと焼き上げるにはどうしたらいいだろうね」

勝手に調理器具を増やすのははばかられるが、似たメニューで挑戦してみてもいいかも。

首をかしげるポポに顔を近づけて相談をすれば、ぺろりと鼻の頭を舐められる。

これはやってみろってことかな？　なんて考えていると、渚にくっついて座っていたワタゲが、すくっと立ち上がり、ポポは渚の膝から飛び降りてペット用の扉を抜けて廊下を走っていく。

チャッチャッチャッと軽やかな爪《つめ》の音が響き、続いてガチャッと玄関の扉が開く音がする。

「ただいま、ポポー」と出迎えを受けて嬉しげな雄大の声が聞こえて、渚の頬も緩む。

「お帰りなさい、雄大さん」

リビングへ入ってきた雄大は、駐車場から家までの間に冷えた頬をポポのもこもこの毛に埋めて温めていた。

「おう。ただいま。んー、ポポたん温かーい」

「お風呂、お先にいただきました。雄大さんも早く入ってください」

雄大に早く風呂で温まるよう勧めたが、雄大はすることをしてから入るという。

「ちょっとやってみたいことがあんだよね」

雄大はいたずらな笑みを浮かべて、ホームセンターの紙袋を掲げる。

「ちょっとごそごそすっけど、ごめんな」

こんな時間からリビングの模様替えかと思ったが、思い立ったが吉日とも言う。何より自分の家でいつ何をしようと雄大の勝手だ。

「手伝いましょうか?」

「いやいや。ひとりでできるもん」

むしろ見るな、と言われ何か仕事に関することをするのだろう、と大人しくテントの中へと引っ込んだが、犬たちまで危ないからとテントに入れられた。

ガチャガチャと少し重量がありそうな金属のぶつかる音もして何をしているのか気になったが、見るなと言われたからには覗くわけにもいかない。

「何してるんだろうねー」

寝転がり、ワタゲを腹に乗せてなでていると、ポポも腕と脇腹の間に首を突っ込んで自分の存在をアピールしてくる。

そんな二匹と遊んでいるうちに、少し眠くなってきた。

「ノック、ノック。トントン」

うつらうつらとしかかっていた意識に、のんきな声が届いて覚醒する。

テントには叩く扉がないので、雄大は口頭でノックをする。

「はい？　もう出てもいいんですか？」

そおっとテントから顔だけ出すと、雄大の後ろの壁際に折りたたみ式の脚立が見えた。ガチャガチャいっていたのは脚立を移動させた時の音か、と納得できた。

脚立の足元に犬がうろうろしたら危ないからテントに入れた理由は分かったが、室内で脚立を使って何をしていたのか。

悩む渚に、雄大は意外なことを言ってきた。

「天体観測しよう！」

「今からですか？」

天体観測をするなら、灯《あか》りがないところまで行った方がいい。まだ二十二時過ぎだが、灯りがない町外れまで行って帰るにはそこそこ時間がかかるはず。

楽しそうな提案だが、どうせなら夕飯後すぐに出かければゆっくり星が見られただろうに、と不満も感じる。

そんな渚の気持ちも知らない雄大は、にこにこと子供みたいに屈託のない笑みを浮かべる。

「おう！　ほれ、横になる、横になるー」

「ええ？　えっと……天体観測、ですよね？」

窓もカーテンも閉まった室内で何を見るのか。いぶかりつつもリビングの床に横たわれば、雄大も隣に寝転ぶ。

「そうそう。ほれ、見ろ！」

言われて雄大の視線を追って天井を見上げ、何をしていたか知る。

天井や壁のあちこちに、星の形をしたウォールステッカーが貼られていた。

ステッカーは薄い黄色なので白い壁にはあまり映えないが、ちょっとおもしろい。

しかしこのステッカーの真価は、明るい場所では発揮されなかったのだ。

「んじゃ、電気消すぞー」

「……え？　あれ？」

雄大がリモコンで灯りを消した瞬間は、ただの目の錯覚かと思った。だがよく目をこらしても、あちこちに散った残像のような星形の光は消えない。

「あのステッカー、蓄光なんですね」

星のステッカーは、光を蓄えて暗くなると光を放つ蓄光素材でできていたのだ。

「その通り！　こうでなきゃ楽しくねえだろが」

「ええ、楽しいですね」

ぼんやりとした光がどうしてこんなに心を明るくしてくれるのか。分からないけれどとにかく楽しいと答えれば、楽しければそれでいいだろと返される。

「楽しいから、俺もここで寝る！」

「ここでって……」

「渚ちゃんだけポポとワタゲと一緒に寝てずるいー」

「ずるいと言われましても……。ポポもワタゲもベッドでは寝ないんですから仕方がないでしょう」

最初に泊めてもらった夜、渚はベッドで寝かせてもらったが、犬たちは床で寝た。

斉藤と暮らしていた間、斉藤は犬がベッドやソファに乗るのを許さず、叱りつけたから二匹ともソファやベッドへは乗らないのだ。

最近になってここでは怒られないと学習したようでリビングのソファには乗るようになったが、ほとんど行かない寝室のベッドへはまだ乗らない。

だから雄大が犬たちと寝たいなら、寝室へ連れて行くよりここで一緒に寝る方がいいと思えた。

「それじゃあ、一緒に寝ますか」

「やったね！　パパとパパとポポとワタゲで、バーコードになって寝ようねー」

親子三人なら『川の字』だが、一本多いからバーコードということらしい。

雄大が風呂に入っている間に渚の布団をテントから出し、寝室から敷マットと毛布に羽毛布団、と雄大の分の寝具一式も運んで並べて敷いた。

「おおっ、何か、キャンプみたいだな」

「そうですね」

雄大はリビングでの雑魚寝《ざこね》が新鮮らしく、全開の笑みで喜ぶ。

渚はこのところテントで寝ていたのでずっとキャンプみたいなものだったが、今日は本当にキャンプに来たみたいなわくわく感がある。

どうしてだろう？　と隣の寝具に大の字で寝転んだ雄大を見て分かった気がした。

雄大がとても楽しそうだから、その気持ちが感染したようだ。

家族でキャンプに出かけたことはないが、学校行事で泊まりがけの林間学習はあった。

親友と呼べるほど仲のいい生徒はいなかったけれど、それなりに仲のよいクラスメイトと草の上に寝転がり、街中では見えないほどたくさんの星を見た。

風に揺れる黒い木々がざわざわとざわめき、すぐ側に土の匂いを感じた。

あの時の、ちょっと不安だけど非日常感にそわそわした感じを思い出したのだろう。

渚は何だか落ち着かない気持ちで、いつもの布団に潜り込んだ。

ワタゲは普段、渚の足元で寝ているので、今日も渚の足元でくるくる回ってポジションを決めて丸まった。

しかしポポは普段と違って雄大がいるのが気になるのか、頭の方から足の方まで何度も行き来して散々寝る場所探しをした後に、雄大の足の間に挟まる形で落ち着いた。

「これだよ、これ！　犬に乗っかられ、がに股で寝る幸せ」

実際にやられると寝返りは打てないし不自由なのだが、安心して丸まるポポの姿は可愛くってどかせられない。何よりやられている雄大が心底嬉しそうなので、そのままにしておく。

満天の星とは言いがたいが、天井でぼんやり光る蓄光の星も何だか風情《ふぜい》があっていい。

横になったままぼーっと眺めていると、雄大が窓際の天井を指さす。

「あそこが北斗七星だ」

雄大はちゃんと星座の形に星を貼ったようだが、照明器具があるせいで見づらくて、言われてみればそんな気がする程度にしか分からない。

「んー……そう見えなくもない、かな？」

雄大は渚の方に頭を寄せて天井を見る。

「えー？　そう見えない？」

雄大の位置からではちゃんと北斗七星に見えていたのか、雄大は渚の方に頭を寄せて天井を見る。

頭がこつんとぶつかって、犬とは違うさらっとした髪が頬に触れる感覚にどきりとした。

「もうちょっと間隔近づけた方がよかったかなぁ？」

キスできそうな至近距離で見つめられ、さらに大きく心臓が跳ねる。

「あの、えっと……北斗七星に見えなくても十分きれいですよ」

動揺を知られたくなくて、雄大から視線を外して天井の星を見上げれば、認められなくて不満だったのか雄大はじっと渚の横顔を見てくる。

「気になるなら、貼り直しましょうか？」

「そだな！　明日貼り直そう」

一人で貼ったから位置が上手《うま》く決まらなかったのだろう。下で見ながら指示をしたらもっと上手く貼れるはず、と協力を申し出れば雄大は嬉しそうに同意する。

「雄大さんは、北斗七星が好きなんですか？」

「星をつないで図形にするっていう発想自体が好きなんだ。で、北斗七星は分かりやすいから選んだだけ。部屋ん中で星座が見えるって、ロマンチックじゃね？」

星座を眺めながら犬と一緒に寝たがるなんて、ロマンチストと言うよりまるきり子供だ。だけど何だかわくわくした眼差しで見つめられると、否定するのも悪くて同意してしまう。

「……そうですね。ロマンチックですね」

「つっしゃー！　ロマンチック、いただきましたーっ！」

ロマンチック演出が上手くいったのがよほど嬉しかったらしく、拳を突き上げた雄大の勢いに驚いたのか、ポポがびくんっと頭をもたげて起き上がった。

「あ、ああっ、ポポちゃん、ごめーん。あ、待って待って。静かにするからぁー……」

雄大の呼びかけも虚《むな》しく、ポポはうるさい雄大から離れて渚の肩口で丸まる。

「ううっ、渚ちゃんばっかり、ずーるーいー」

「えーっと……場所を変わりましょうか？」

「ぜひぜひ！」

二人してそうっと布団から抜け出し、渚が寝ていた布団に雄大が潜り込んだが、ポポにワタゲまで起きだしてまたポジション探しが始まってしまう。

「ああっ、ぜひともこちらへー！」

雄大が布団をめくって中に誘導すると、渚と雄大の布団の隙間にすぽっとはまるみたいにポポが横たわった。

さらにワタゲも続いてポポの後ろへくるくる回ってから丸まる。

そんな二匹を見て、雄大は素晴らしくいいドヤ顔を渚に向ける。

「お布団誘引作戦、大成功！」

「よ、よかったですね」

あんまり嬉しそうな顔がおかしくって、笑っちゃ失礼かと思うのに堪えきれず笑ってしまい、肩が震える。

「ああっ、静かにぃ……また、逃げられるぅ」

「はい……ご、ごめんなさい」

声をひそめて抗議してくるのがまた可愛くて、笑いを堪えるのがさらに困難になったが何とか堪えた。

「……ほんっと、可愛いなぁ」

「え？　ああ……可愛いですよね」

柔らかな声で呟く雄大の言葉に、雄大を可愛いと思った心を読まれたのかなんて一瞬焦って俯いてしまったが、そんなわけはない。

眠りについたポポとワタゲのことを言ったのだろうと顔を上げれば、幸せそうに微笑む雄大と目が合う。

「よかったですね。一緒に寝てくれて」

「ああ。……もう、笑顔超最高」

「ん？　ああ、寝顔。ワンコの寝顔は可愛いですよね」

すでに寝息を立てているポポの頭をそっとなでれば、ぴくんと反応はしたが起きる気配はない。すっかりくつろいでいるのに安心して、渚の瞼もゆるゆると落ちてくる。

――ここは、どこよりも安心できる場所。

ずっといられる場所じゃないと分かっている。だけど、せめて今は先のことを考えず、この幸せをただ感じていたい。

「ふおぉぉ……うん、寝顔も可愛いわぁ」

まだポポとワタゲの寝顔に見入っているらしい雄大の呟きを聞きながら、小さな人工の星に、この幸せが一秒でも長く続くよう祈りながら眠りに落ちた。

◆

「バインダーがない！　どうすれバイーンダー」

仕事部屋の中央に仁王立ちし、頭を掻《か》きむしりながら親父《おやじ》ギャグを叫ぶ雄大は、困っているのかふざけているのか。

雄大が何やら仕事場で騒いでいるのが気になって来てみたが、何を困っているのか分からないのでずばり訊いてみる。

「遊んでるのか困ってるのか、どっちですか？」

「見て分からんか？」

「はい。分かりません」

「……渚ちゃん、やっぱりクール。遊んでない、困ってる。印刷代の見積もりを挟んだ赤いバインダーが見当たらんのだ！」

書類を挟んだ赤いバインダーなら、他のファイルと一緒に片付けた。もしかしてあれのことかも、と寝室の本棚にしまったバインダーを持ってきてみる。

「そのバインダーって、これですか？」

「それだーっ！　会いたかったよ、バインダー！　どこにあった？」

雄大は大げさに手を広げ、差し出したバインダーごと渚をひしっと抱きしめる。

超至近距離で見つめられ、あわあわしつつも片付けた経緯を説明する。

「あのっ、昨日、もう使わない資料だからと渡されて寝室の棚にしまいました」

「ふおおおっ？　昨日の俺は何を考えとったんだ！」

雄大は物をため込むタイプだが、整理するのが苦手だからよく失せ物をして探している。

何でも、どんなデザインにも作り手の意図や苦悩が見えておもしろいから、なかなか捨てられないのだそうだ。

だから渚は、仕事場の物はゴミ箱すら触らない。ゴミ箱が廊下に出してあれば、それは捨てていいという合図。

この前も、もう二十年ほど前の古い雑誌を捨てないのかと訊ねると「お宝を捨てるとか正気か？」と熱弁を振るわれる結果になった。

文庫本なら昔の物でも電子化されることがあるが、昔の雑誌は電子化される見込みは少ないから、捨ててしまえば二度と見られない可能性が高い。

だから雄大は古い雑誌が捨てられない。

前の彼女と――さらにその前の彼女と別れた理由も、この物が捨てられないことが原因だったという。

家にやってきた彼女たちは、『掃除』と称して古雑誌やデザインの参考にと取ってあった商品パッケージなどの、雄大にとっては大事なお宝を捨ててしまったそうだ。

ゴミステーションを漁《あさ》って何とか取り戻せたそうだが、「仕事で必要な大事な物」と伝えてあったにもかかわらず勝手に捨てたことが許せず別れたそうだ。

「でも彼女さんも悪気があったわけじゃないでしょうし……」

「そこだ。悪いと思ってないから、あれは仕事で必要な物だって説明しても『でも、でも、だってー』で、またやらかしそうだったから別れたんだ」

彼氏の仕事を大事にしない女は、そのうち彼氏も大事にしなくなる――というのが雄大の持論だった。

「俺は、もっと俺を大事にしてほしいのよ！」

「正直ですね」

「おう！　その分、俺も恋人を大事にするから。俺は恋も食い物も、甘ぁいのが好きなんだよ」

目を細めてにやりと微笑む、雄大の甘い表情にどきりとする。

こんなに優しい雄大に甘やかされたら、どれほど幸せだろう。雄大の彼女になれる人がうらやましい、と胸が疼《うず》く。

「あの……雄大さんの仕事を大事にする人というと、やっぱりデザイナーの方が好みなんですか？」

やはり杉本が理想の相手なのではと思えて訊ねてみたが、雄大は素っ気なく首を振る。

「別に同業者でなくても。ただ勝手なことはされたくないってだけで、片付け上手な人は大歓迎よ？」

いくら広いマンションでも収納スペースには限りがあるので困った事態なのだが、瞳をキラキラさせてデザインについて語る雄大を見ているとこちらも楽しくなる。

それに渚は、デザインについては門外漢だが整理整頓《せいとん》は好きだ。散らかった部屋を無心に片付けて、すっきりすると心も晴れ晴れとする。

「この部屋の中も、片付けていいなら片付けますよ」

「ホントに？」

大事なものがある仕事場は手を付けていなかったが、雄大がいいと言うなら片付けると提案すれば「ぜひぜひ！」と頼まれた。

赤いバインダーも寝室にしまうと口頭で伝えておいたのだが忘れていたようなので、視覚的に分かるように分類してみる。

ファイルやバインダーは、表紙と背表紙に整理した日付を付箋に書いて貼り付けてからしまう。しまった場所はリストに書き込み、その紙をクリップボードに挟んで入り口付近の棚の目立つ箇所に立てかけて、何をどこにしまったか雄大が確認できるようにすることにした。

「こんな感じで分かりますか？」

「分かりやすい！　料理に片付けに、渚ちゃん、マジ有能すぎ」

「そんなことないですよ」

「そんなこと、あるある。渚ちゃんが来てからいいことばっかだわ。――ここまでしてくれんなら、もうちょい弾むべきだったな」

机をごそごそ探った雄大は、厚めの茶封筒を取り出す。

はい、と差し出されて受け取ってしまったが、何が入っているのか。封のされていない茶封筒の中を覗いて驚く。

中に入っていたのは、何十枚かの一万円札。二十枚以上ありそうだ。

「……え？　これは？」

「今月のお給料。今日でドッグカフェ始めて一ヵ月だし」

さらりと言われて、渚は驚きに目を瞬《しばたた》かせる。

「お給料なんて、そんなの、いただけません！　居候《いそうろう》させていただいてるだけでありがたいのに」

「ただいるだけの居候ならともかく、渚ちゃんはドッグカフェのマスターとして働いてるだろうが。労働には賃金が発生するもんだろ」

「それなら、雄大さんも僕から家賃とか光熱費とか取ってください」

生活費の支払いについては最初から申し出ていたが、「事務所兼自宅だから経費で落とせるから気にすんな」と流された。食料品を買うお金も全額雄大が出している。

お金を受け取ってもらえない分、労働で対価を払えばいいと思っていたのに、その労働に賃金を払われるなら、渚の分の生活費は受け取ってもらわなければ困る。

「あのテント住まいで家賃とるとか、俺は守銭奴《しゅせんど》かよ」

「とても快適で贅沢な住まいです」

毎日キャンプ気分で天体観測までできる部屋で暮らせるなんて、贅沢きわまりない。

だからちゃんと生活費を徴収してくださいと頼んでも、雄大は他の部分に食いつく。

「あの星空、気に入ってくれたんだ！　よーかったー」

子供じゃあるまいし、と密かに馬鹿にされるのではと不安もあったそうだ。

でも雄大とポポとワタゲと、みんなで蓄光の星を眺めながらの雑魚寝は楽しい。特に何をするわけでもないのだけれど、その日の散歩で会った大きな犬の話や、雄大が今受けている仕事の話など、とりとめもない会話を交わすだけで気分よく眠れる。

雄大が仕事で仕事部屋にこもっていて一緒に寝られないときは、同じ家の中にいるのに寂しく感じるほどだ。

「子供っぽかろうが何だろうが、大人だって楽しいものは楽しんでいいはずです」

「もーっ、渚ちゃんのそういう発想、大好きー」

「好き、って……」

雄大の遊び心を認める部分が好まれただけ、と分かっていても「好き」という言葉は特別な力でも持っているのか、言ってもらえるとふわっと柔らかくて暖かい綿毛に身体を包まれるみたいな心地よさを感じ、自分ももけもけの犬になったんじゃないかなんて馬鹿な発想が浮かぶ。

けれど、軽い気持ちで言った言葉を真剣に受けとめられては、雄大も迷惑だろう。

綿雲みたいに舞い上がりそうな気分を引き締める。

「ここは雄大さんの家なんですから、雄大さんが好きなように飾り付けてください」

「俺が楽しんでることを、渚ちゃんも楽しんでくれてんなら嬉しい。ポポにワタゲに渚ちゃんのおかげで、仕事は捗るし体調はいいし。そのうち宝くじが当たったり、恋人もできたりしちゃったりして？」

「大げさですね」

怪しげな開運グッズの売り言葉みたいなことを言う雄大に思わず吹き出せば、優しい目でじいっと見つめられる。

「渚ちゃんがいてくれないと困る」

ふと真剣な眼差しになって、いつもより少し低めの声で呟かれた雄大の言葉は、彼の本音なのだろう。

それだけ役に立てているのだという喜びが胸に押し寄せるが、その喜びを押さえ付けるものがある。

それは過去の苦い失敗たち。

母親も父親も斉藤も、最初は渚が家事をがんばれば喜んでくれた。でもそれは最初だけ。ちょっと必要とされただけで浮かれて、また捨てられて落ち込むのはこりごりだ。

「お役に立てて嬉しいです。お給料をいただくならもっとがんばって働きますね」

「いや、今でも十分働いてくれてるから。これ以上がんばらなくていいから！　もうちょっと、まったりのんびりおしゃべりしたり、どっか遊びに行ったりしなぁい？」

優しい雄大はそう言ってくれるが、自分はポポとワタゲのついでに拾われただけ。調子に乗ってはいけない。役に立たなければお役御免だ。もっとがんばらなければ。

「机の中も整理しましょうか？　あ、そっちの雑誌の山も番号通りに並んでませんね。並べ替えましょう」

「……渚ちゃんのくそ真面目ーっ！　……そういうとこも好き」

雄大はふざけているだけだろうが、この程度の仕事で「好き」と言ってもらえるならば、ますますやる気が出る。

うずたかく積まれた雑誌の山に、渚は嬉々《きき》として挑みかかった。

◆

十四時四十五分、この時間になると渚はおやつの注文を取りに仕事部屋を訪ねる。

「今日のおやつは何がいいですか？」

「コーヒーとイチゴショート」

「はい。真治さんはどうされます？」

今日はアシスタントに来ている真治にも訊ねてみたが、真治はちょっと待って、と何故か顔をしかめて雄大の方を向く。

「この雨の中を買い出しに行かすのは気の毒でしょ」

「え？　雨降ってんのか。――って、じゃじゃ降りじゃん！」

半分ブラインドが閉まった窓から外を見た雄大は、今日が雨だと初めて知ったようだ。

朝からぱらぱら降りだした雨が昼過ぎから本降りになっていたのだが、このマンションは防音がしっかりしているせいで雄大は気づいていなかったようだ。

「誰だ、こんな雨の中、渚ちゃんを買い物へ行かそうとしてんのは」

「あんたでしょーが」

ノリツッコミでふざけ合う雄大と真治の仲良しコンビを目を細めて見ていると、視線に気づいたのか雄大はばつが悪そうに頭をかく。

「悪かったな。けど、渚ちゃんも断ってよ」

こんだけ雨降ってんのにと言われて、驚く。

「断るなんて！　これが僕の仕事なんですから」

台風のような暴風雨ならともかく雨が降ったからお休みなんて、のどかな南の島みたいな優雅な職場はそうないだろう。

家事くらいしか取り柄がないのに、そんなことをして嫌われたらどうするのだ。

思いもしなかった提案に困惑したが、雄大と真治の方がもっと困惑した顔をする。

「おいおーい。渚ちゃんは頼まれたら何でもしちゃうのかー？」

「犯罪はさすがに断ると思いますけど、僕にできることなら何でもします」

だから気軽に仕事を言いつけてくださいと営業スマイルを浮かべたが、二人は目を見開いて固まる。

「……ちょっと待てよ、おい」

「何か、病んでません？」

「病むって、そんな大げさな」

「いや。大げさじゃねえって！　嫌なことは嫌って言わなきゃ、ダメ！　絶対！」

二人がかりで否定され、一般的にはそういうものなのかと驚く。

「資格も特技もないので、せめてできることはしようと思っているだけなんですが」

「はあ？　わんこの世話が上手で、料理も上手で、整理整頓も上手で、顔はきれいで、それで謙虚で健気《けなげ》とか……もう駄目だ……」

何故か作業机に突っ伏す雄大に、半目になった真治は「全弾命中。クリティカルっすねー」なんて呟く。

「嫌なことは嫌って言えよ。正当な理由があって断ったのに嫌われたとしたら、そんな奴とは縁を切った方がいいから嫌われ上等だろうが」

「そう、ですか？」

「そうですよ」

「ネガティブな言葉は嫌いだけど、嫌なことを嫌って言うことで開ける道もあるからな」

俺がそうだった、と雄大は回想モードに入る。

「家は両親とも医者で、兄も医者になった。俺も当然医者になると思われてて、医大以外に進学するなんて親父は許さなかった」

けれど、雄大は自分が医者に向いているともなりたいとも思わなかった。

絵を描いたり、きれいなチラシや雑誌の切り抜きを集めるのが趣味で、いつの頃からかデザイン関係の仕事に就きたいと思うようになっていた。

「高校の進路相談で『デザイナーになりたいから美大へ行く』っつったら親父がぶち切れてな。そっから今まで、一言も口きいてない」

父親からは勘当されたが、母親と七歳年上の兄は「自分が一番やりたいことをしろ」と雄大の味方になって学費を出してくれた。

ずっと勉強ばかりで、友達の家でこっそり漫画を読んだり絵を描いたりしていた程度の画力だったが、デザイン系では絵が描けなくても受験できる学科があるため、そういう学科がある美術大学を選ぶことで進学できた。

「大学の授業で雪の日にしなければならないことって話があって、普通は『授業に遅れないよう早めに家を出ましょう』なんだろうけど、その先生は『雪だるまを作るために早く家を出ましょう』って言ったんだ」

それを聞いて雄大は、ここが自分の来たかった場所だと確信したという。

「怪我《けが》や病気を治して人を笑顔にする医者ってのは、すごくて大事な仕事だと思う。けどさ、雪の日の道ばたに雪だるまとか雪兎《ゆきうさぎ》を見ると、何か笑顔になっちまわないか？　きれいなものや愉快なもので人を笑顔にできる、俺はそんな仕事がしたいって思ったんだ」

「えーっ、何ですかボス。かっこいーー」

「ふふん、そーかー？」

真治に褒められて得意げに顎をなでながら、ちらりとこちらを見る雄大の眼差しが、渚にも褒めてもらいたがっていると分かる。まさに目は口ほどにものを言うってこういうことなんだ、と実感する状況に思わず笑ってしまう。

「格好いいですよ。だけど、雄大さんの白衣姿も見てみたかったですね」

細身で長身なので、何でも似合うだろう。今だってスポーツメーカーのジャージの上下を楽さで選んで着ているが、ファッションで着ているかのように似合っている。

何より優しくてよく気がつく雄大なら、患者さんの立場になって治療してくれるいいお医者さんになりそうだ。

しかし雄大はとんでもないとかぶりを振る。

「いやいや、俺が医者になってたら今頃何人墓場へ送ってたか……」

「そんなことないです！　雄大さんは真面目で勤勉ですから、きっといいお医者さんに――」

ああ恐ろしい！　と大げさに震える雄大を励ませば、ぶはっと盛大に吹き出される。

「もー、ホント真面目だなー、渚ちゃんは。そこがいいんだけど」

「好き」と言ってくれたときみたいに優しい目で見つめられ、どきんと心臓が跳ねて顔が熱くなってくるのを感じた。

軽口に過剰に反応してしまうのは恥ずかしい。慌てて話題を逸らしにかかる。

「あの、ところでケーキがダメなら、おやつはどうしましょう？」

「んー……何か美味しいもの、ない？」

雄大の好物のマシュマロチョコトーストを作ろうにも、マシュマロを切らしていた。痛恨のミスだ。

他に何かないか、考えを巡らせる。

「ケーキを作るのは無理ですけど、ホットケーキなら焼けます」

「えー、ホットケーキー？」

「その反応していいの、小学校低学年までですよ」

じと目な真治から大人げない態度をたしなめられ、雄大はわざとらしく口を尖らせてぶーぶー不満を言う。

「だーって、ホットケーキはぺたんこだし、何ものってないしー」

「……では、ぺったんこではなくて、何かのっていればいいんですね？」

「ああ？　まあ、そうだな」

「それなら、少し待っててください」

ホットケーキのトッピングなんてバターと蜂蜜くらいだろ？　とすねてむくれた顔をする雄大が可愛くって、ついがんばってしまう。

渚は以前キッチンを片付けていたときに見つけたアイテムを使い、ぺたんこじゃないホットケーキ作りに取り組んだ。


「ふおおおおっ！」

「如何です？」

数十分後、用意ができた頃を見計らってリビングへやって来た雄大は、渚の用意した『ふんわり分厚いホットケーキ・カスタードクリーム添え』に言葉にならない感嘆の声を上げた。

ホットケーキも型に入れて焼けば、三センチほどの厚さに焼くことができるのだ。

ちょうどキッチンの引き出しに、前の彼女が使っていたのかハート形の目玉焼きを焼くための型が二つあったのを見つけていた。

それにホットケーキミックスを流し込み、フライパンに蓋《ふた》をして弱火で蒸し焼きにする。

その間に、全卵を使ったレンジでできる簡単なカスタードクリームも作った。

バニラエッセンスはなかったので、バニラアイスを少し混ぜ込んでみたのだが上手くいって安心した。

「家でもこんな分厚いホットケーキが焼けるもんなんだな」

「温かいカスタードクリームも、まったり舌に絡んで美味いですね！」

バターと蜂蜜たっぷりのふわふわのホットケーキに、あったかいカスタードクリームの甘い共演は、雄大と真治のお気に召したようだ。

にこにこ笑顔で食べてくれる二人に、渚の頬も緩む。

「お代わり、ありますよ」

「マジか！」

「いいんですか？」

食べっぷりのいい二人にお代わりがあると告げれば、そろって顔を上げるシンクロ率の高さがおもしろい。

ホットケーキミックスはちょうど型に入れて四つ分ほどの量があったので、先の二つが焼き上がった後にもう二つ焼いておいたのだ。

カスタードクリームも、残ったら冷やして食べてもいいだろうと多めに作っておいた。

しっぽを振らんばかりに喜ぶ雄大と、遠慮気味ながらも嬉しそうな真治に、もう一皿ずつ提供した。

「渚ちゃんってば、ホントにカフェのマスターみたいになってきたな」

「これなら店でも出せますよ！」

「でもこれ、市販のホットケーキミックスで作ってるだけですから」

褒められすぎるとこそばゆい。首をすくめて微笑めば、雄大も微笑み返してくれる。

そんな些細《ささい》なやりとりに幸せを感じ、次は何を作ろうかなんて原動力になる。

これまでは、やらなければならない、がんばらなければならないと使命のように感じてやっていた料理を、今は楽しんでいる。

無邪気な雄大の笑顔が見たいからする。それが自分の幸せになっていた。

だが雄大は自分こそ幸せだ、としみじみと語り出す。

「うちは両親が共働きだったから、通いの家政婦さんが飯作ってくれてたんだが、その人がもう結構な年のばあちゃんで。煮物とか酢の物とか、身体にはいいけど子供にゃいまいちな料理が多くてさ。けど残すとすっごい怒られて。飯は苦行みたいなもんだったんだわ」

「米を残すと目がつぶれる」とか「野菜を食べないと血がドロドロになる」とか怖いことを言われて無理矢理食べさせられたせいで、食事は楽しくないとすり込まれてしまった。

異様に甘い物が好きなのも、ケーキやお菓子は「虫歯になる」「添加物が入ってて身体に悪い」と食べさせてもらえなかった反動だろうと言う。

「好きなものを好きなだけ食わせてもらえるって幸せー。渚ちゃん様々だ」

「これくらいのこと。仕事ですから」

「……仕事だから、してくれてるだけか？」

ふいに真顔になった雄大に問われ、思い上がってはいけないと自戒の気持ちが湧く。

「この程度のことで仕事をしてる気になっちゃいけませんよね」

お給料をもらっているのだから、もっと栄養学的なことも考えてしっかりと雄大の体調管理をしないと、仕事とは言えないだろう。

「……渚ちゃん、真面目だからぁ。……あれ？　……ところで、渚ちゃんの分は？」

渚がフライパンを洗いだしたのを見て、雄大は渚のホットケーキはないのかと聞いてきた。

「僕は別に、前に作って食べたことがありますから」

どんな味か知っているし、自分が食べるより自分の作ったものを美味しそうに食べてくれる人が見られる方が嬉しい。

だからなくても平気だったのだが、雄大はそうはいかんとふんぞり返る。

「なあ、なあ、渚ちゃんは食いもんシェアするの苦手な人？」

料理などを「一口ちょうだい」ともらうのを嫌がる人はいるが、渚は別に気にならない。

「え？　いいえ」

突然の質問の意図が分からなかったが、とりあえず答えると「こっち来い」と手招きされ、キッチンから出てリビングの雄大の横へ立つ。

「ほれ。あーん」

雄大はカスタードクリームをのっけたホットケーキを一切れ、フォークに突き刺して渚の方へ差し出した。

「え？　あの！　お気遣いなく」

雄大のお皿は空っぽで、これが最後の一切れ。そんな締めの一口をもらうなんてできない。けれど雄大は、わざとらしく目をすがめて低い声を出す。

「俺のホットケーキが食えねえってのか」

「うわ。しらふで絡むとか面倒くさっ」

真治の茶化しには目もくれず、雄大はさらに渚の口元へフォークを突きつける。

「腕がだりぃだろうが。早く食え！」

「はい！　あ、あの……じゃあ、いただきます」

フォークを受け取ろうとしたが雄大が離してくれず、結局「あーん」の状態で食べる羽目になった。

「ん……」

「どうだ？　美味いだろ？」

「んんっ……はひ……」

大きめの一切れを落とさないよう丸ごと口に頬張れば、ふかふかのホットケーキに口内を支配されてしゃべれなくなる。

「ここ、ついてるぞ」

「んぅ？　ん！」

渚の口の端についたカスタードクリームを、雄大は親指でぬぐってぺろりと舐めた。

恋人同士みたいなやりとりに、恥ずかしくなって頬が熱くなる。

真治もそう感じたのか「ナチュラルエロ大王～」なんて小声でヤジを飛ばすから、なおさらに恥ずかしくなって俯いてしまう。

「すみません……貴重な最後の一切れをいただいちゃって」

「貴重だからいいんだろうが。渚ちゃんになら、最後の一口をやってもいい」

「え？」

やけに真剣な眼差しで言われた言葉に驚いて、しばし見つめ合ってしまった。

テーブルに肘《ひじ》をついてじっとりとこちらを見ている真治の視線に、二人して同時に気づいて互いに明後日の方向を向く。

「まあ、何だ。その……いつも美味いもん食わせてもらってるんだから、たまには、な？」

「そ、そうですか。お気遣いありがとうございます」

ただのちょっとしたお礼で深い意味はないのだろう。それでもお礼をしたくなるほど喜んでくれたのだと思うと嬉しくて、もっと役に立ちたくなる。

張り切って洗い物に戻ったら、洗剤の容器を摑むのに力を入れすぎたのか、注ぎ口からふわわっと小さなシャボン玉がいくつか吹き上がった。

「あっ」

「ん？」

「今、シャボン玉ができて」

「ああ、ははっ、ホントだ」

「わー、シャボン玉なんて久しぶりに見たっす」

きらきら七色のプリズムを光らせるシャボン玉がふよふよ飛んでいる様に、雄大も真治も目を輝かせて笑う。

ふいに見たちょっとしたものをきれいだと感じた時、一緒になってそれを見て喜んでくれる人がいるのが、何だか嬉しい。

「……きれいですね」

「うん。すっげーきれいだわ」

言いながら、雄大はシャボン玉より渚の方を見る。

シャボン玉を喜ぶなんて子供っぽい、と呆れているのかもしれない。

恥ずかしくなって雄大から目を逸らせば、視界の端で小さなシャボン玉たちは換気扇に吸い込まれて消えていった。

「はぁ……やっぱ腹一杯に食うと眠気くんなぁ」

「では、夕飯は軽めのものにしましょうか？」

まだ仕事があるのに失敗したとぼやく雄大に、夕飯は軽めにうどんか蕎麦《そば》にしようかと提案したが、雄大はそんなにがんばらなくていいからと笑う。

「今日はおやつに手間を取らせたから、晩ごはんは宅配ピザにしよう」

「ピザトーストならできますけど？」

本格的なピザ生地は無理だが、パンにトッピングをしてピザ風に仕上げることはできると提案したが、それじゃ意味がないと却下される。

「ピザが食いたいってわけじゃねえの。そんなにがんばらず、どこかで手を抜けってことだ」

宅配ピザに寿司にどんぶり、とこの辺りにはデリバリーも充実しているから活用しろと言われて困惑する。

「あの……何かお口に合わない料理がありましたか？　言っていただければ改善しますから」

料理に不満があったのではと表情を曇らせる渚に向かって、雄大はそうじゃなくてともどかしげに頭をかく。

「渚ちゃんの作るもんは何でも美味いし、めちゃ口に合う！　ただ渚ちゃんだって体調悪いときとか、単に気分が乗らないときなんかもあるだろ？　その時はデリバリーかインスタントにしてくれってこと。調子悪い人に無理して作らせたなんて気分が悪いじゃん、つー俺の気持ちの問題だから」

「それは……お気持ちはありがたいですけど」

「だったら！　『ありがとう』で厚意に甘えとけ」

「……でも」

「あーっ、もう。んじゃあ、感謝の印にほっぺにチューでもしてもらおうか」

言葉だけで足りないなら態度で感謝を示せばいーじゃんと提案されて、それもそうかもと思う。実際にこの先、体調を崩すときもあるだろう。そんなときに、デリバリーでいいんだと逃げようがあるのはとてもありがたい。

ここは素直に感謝して厚意を受けるべきかも。

「試しに今、やってみ？」

ほれほれ、と雄大はいつもの軽い調子で自分のほっぺたを指でつつく。

雄大は犬たちに顔を舐められて喜んでいる。犬のついでに拾った渚のことも、犬と同じ程度に思っているのだろう。

ほっぺたにキスくらい、海外では挨拶だ。変に恥ずかしがる方がおかしいのかもしれない。

「そう、ですか。では」

キッチンからリビングへ移動して椅子に座った雄大の横に立つと、「ん？」と見上げてくる雄大の頬に、腰をかがめて軽く唇を触れさせる。

したことはないが、映画やドラマで見る『ほっぺにチュー』はこんな感じだったはず。

しかし雄大の思い描いていたものとは違ったのだろうか、固まったままじーっと見つめられ、背中にひやりとしたものが走る。

「あの？」

何か間違いがあっただろうかと不安に首をかしげる渚に、雄大ははじかれたようにぶるぶると激しく首を振り、それからうんうんと激しく頷く。

「あー、いや、いや！　うん、うん。感謝の気持ち、しかと受け取った！　だからえっと、今晩は宅配ピザな？」

脳みそがほどよくシェイクされたのか、にかにかと歯を見せて笑う雄大がちょっと心配ではあったが、『ほっぺにチュー』があれで間違っていなかったのにほっと胸をなで下ろす。

「雄大さんがそれでいいのでしたら。トッピングはどうされますか？」

「渚さん、ホント、クール」

何故か、けらけら笑っている真治にも、いつも気を遣ってもらって感謝している。ついでといってはなんだが、感謝の意を示しておくべきかもしれない。

「真治さんにもお世話になっていますよね」

「こいつはいい！　つか、『ほっぺにチュー』は俺にだけでいいんだ！」

真治の前に手をかざした雄大が遮り、何故か必死に阻止してくる。

「俺が渚ちゃんを雇ったオーナーだろ？」

「はい」

「オーナーと店子《たなこ》は家族も同然。だからチューしてもいいけど、他は駄目だ！」

「俺だけ仲間はずれっすかー？」

チューしてほしいわけじゃないけどちょっと寂しいかも、という真治の言葉に、その通りだと思う。

「仲間はずれはよくないです」

真治は猫派だが、猫だって鼻キスとかすりすりで愛情表現をしてくるそうだから、『ほっぺにチュー』くらいしてもいいだろう。

――と思ったが、そうでもなかったようだ。

「……そうか。よし、では、俺からチューしてやろう！」

渚より自分の方が世話になっているからか、雄大が先に『ほっぺにチュー』をしようと真治の顔を両手でがしっと掴むと、真治は未《いま》だかつてないレベルで目を見開き雄大の顔を両手で押しのける。

「ぎゃーっ！　それだけはご勘弁を！」

「んだ？　こら！　『仲間はずれはよくない』んじゃなかったかー？」

真治の両頬を手のひらでむにむにしながらすごむ雄大と、顔をもみくちゃにされながらじたばたと腰を引いて逃げようとする真治の、小学生なみのやりとりに笑わずにいられない。

「ふふっ、お二人は本当に仲がいいですね」

賑やかな男たちのおふざけに、ポポとワタゲもテンションが上がったのか参戦してくる。ワタゲは真治の足元で「私も一緒に遊ぶ！」とばかりにジャンプして抱っこをせがむ。ポポは興奮してキャンキャン鳴きながら真治と雄大の周りをくるくる回っていたので、抱き上げてよしよしとあやして落ち着かせる。

「……うちのカフェのワンコとマスターは、存在自体が癒やしだよな」

ポポを抱っこした渚を見て、真治を解放した雄大は「可愛いは正義」と両手を胸の前で組み、しみじみと呟く。

「俺からもお礼のチューをさせろ」

「何のお礼です？」

「『可愛くてありがとう』という感謝だ」

「そうですか。では」

なるほど、と納得して可愛いポポを差し出せば、「では、じゃねーし」と雄大は受け取ったポポを「ほいっ」と真治に渡し、真治はあわあわと落とさないよう受けとめる。

「ポポも可愛いけど、今は渚ちゃんにチューしたい」

がしっと肩を摑まれて向き合わされ、どきんっと心臓がひときわ大きく鼓動を打ったが、雄大の冗談好きは今に始まったものではない、と平静を装う。

「お気持ちだけで結構です」

「即答かよ！　そっちがその気なら、俺にも考えがある」

ぎらりと鋭く睨み付けられ、ドッグカフェのマスターをやめさせられるのかと心臓の辺りがひやりとした。

だが、続く雄大の台詞に盛大に脱力させられる。

「チューさせてくれなきゃ、床に寝転がって手足じたばたさせながら泣きわめいてやる！」

「真治さん……これまでお一人で大変だったでしょう」

ここまでわがままとは、幼稚園児も引くレベル。この大きなお子様の相手を一人でしていたなんて尊敬する。

しかしワタゲとポポを両脇に抱っこした真治は、ぶんぶん首を振って否定する。

「いや、今までこのたぐいの面倒くささはなかったんで」

「そうなんですか？」

「まともに飯食わないし、寝ないし、無駄にテンション高いし。ろくでもないボスだったのは間違いないっすけどね」

「人の悪口は陰で言え」

モロ聞こえじゃ、と眉をひそめるものの真治の話について否定はしない雄大は、相当真治に迷惑をかけてきたようだ。

「やっぱり感謝のチューは真治さんにこそ必要では？」

笑顔でたしなめれば、雄大はぶーっと口を尖らせてそっぽを向く。

そんな姿も可愛いと思う。

チューしたいとか、冗談なのは分かっているけどやめてほしい。これまで感謝の言葉すらろくにかけてもらえなかった自分に、感謝してくれる気持ちだけで十分だ。

――欲張っちゃいけない。

雄大の優しさが、ありがたいけれどそれに甘えすぎそうな自分の心に『家族同然』と『家族』は別物だから、オーナーと店子の立場を忘れてはならないと肝に銘じた。

◆

雄大の仕事が一段落ついた金曜の午後。「荷物持ちに付き合って」と雄大に連れてこられた場所は、車で十分ほどの場所にある郊外の図書館。

渚の車は、いい思い出がないし駐車場を借りるのももったいなかったから売ってしまったので、雄大の白い4WDハイブリッドカーに乗せてもらって向かった。

すぐ近くに植物園もあるそうで、緑に囲まれた静かな場所だ。

図書館の入り口前にある飲食可のスペースで雄大は立ち止まる。

「二時間後、ここへ集合な」

荷物持ちとして連れてこられたのだから、雄大が目当ての本を探している間はすることがない。その間は好きにしててと言われて困惑する。

地元の図書館には、母親の再婚相手の家で居場所がなかった頃よくお世話になった。学校帰りに直接寄って、夕飯の時間ぎりぎりまで本を読んだり自習用スペースで宿題をしたりして時間をつぶした。

とても助かったのだが、他に行く当てがなかったからいた場所なせいか、あまり図書館にいいイメージがない。

あの頃は、大人になったら自分の居場所が持てるはずだと希望を持っていた。しかし大人になった今の自分は、居候の身。

ふがいない境遇にどんよりした気分になったのが顔に表れていたのか、雄大は少しばかり申し訳なさげな顔で問うてくる。

「渚ちゃん、本好きじゃなかった？」

「いえ！　好きですよ」

雄大の部屋にはデザイン関係の本だけでなく、雄大が装丁を手がけた小説も置いてある。

普段の自分なら選ばないだろう時代小説なんかも、どんなものなのかちょっと試し読みのつもりでめくってみると、おもしろくて止まらなくなり一気に読み切ってしまった。

読み終わってから改めて表紙を見ると、タイトル文字の飾りに作品のキーワードになった花がそっとあしらわれていることに気づいたりして、雄大の仕事のきめ細かさに感心した。本を読むだけでなく装丁の意図を読み解くのも楽しくて、前より深く本が好きになった。

雄大はそんな渚を見て、読書好きだと思って連れてきてくれたのだろう。気を遣ってくれたのに嫌な顔をしてしまい、申し訳なくて慌てて取り繕《つくろ》う。

「ただ、その……今日はいい天気だから、読書より外で身体を動かしたい気分かな、って」

苦しい言い訳だったが、雄大は納得したのか、そりゃいいなと頷く。

「ここの前の遊歩道をちょっと行ったらちっこい池もあるから、散歩にはもってこいだ。んで、晩飯は帰りにスーパー寄って弁当でも買って帰ればいいし」

だから今日は、何も気にせずのんびりしろということらしい。

「そんじゃ、行くか」

「え？　行くかって、雄大さんはお仕事では？」

図書館へは資料を探しに来たと思ったのに、雄大も散歩に付き合うと言い出したのに驚く。

「デザインの参考になるのは、本だけじゃない。ありとあらゆるものを見て感じるのも仕事の内」

普段と違う場所を歩いて刺激を得るのも大事なこと、と笑みを浮かべて楽しげに歩き出す雄大に、渚も従って歩き出す。

まだ春は遠いが、日差しがあればそこそこ暖かい。晴れ渡る水色の空の下、葉を落としたアメリカフウの木が立ち並ぶ広い遊歩道をのんびり散歩するのは心地いい。

普段の犬の散歩では、ポポが車道へ飛び出さないか、ワタゲが側溝の蓋の隙間に足を突っ込まないかと多少注意をしながら歩くのだが、今は顔を上げてのんびり景色や風を楽しみながら歩ける。

ふと横を見ると、笑顔の雄大と視線が合って驚く。

ぼーっと気が抜けた顔をしていたのを見られたか、と恥ずかしくなったが、雄大は「よかった」と小さく呟く。

「渚ちゃん、家に来てから買い物とワンコ共の散歩くらいしか外出してないだろ？　土日は俺の用事は何もしなくていいから、もっと自由にしてろよ」

「特にしたいことも行きたい所もないし、家事は好きでしてるんで気にしないでください」

二匹にお留守番をさせてまで出かけたい場所もないので、出かけないだけ。

自分のための時間があまりなかったから、自由な時間をもらっても持てあましてしまう。

雄大が仕事の打ち合わせや付き合いで食事に行って一人のときは、カップ麺《めん》ですましたり手を抜いているから大丈夫ですと言えば、雄大は安心するどころか眉間にしわを寄せる。

「渚ちゃんは人の世話はマメなのに、自分には無頓着《むとんちゃく》だよな」

「そうですか？」

「自分の楽しみ持たなきゃ！　渚ちゃんは趣味ってないの？」

「趣味、ですか。特には。……休日には家事をするのが当たり前になってて」

「じゃあ、学生んときの部活は？　何してた？」

「中学の頃は文化委員で、高校は帰宅部でした」

金銭的にそれほど逼迫《ひっぱく》した家庭ではなかったけれど、それでも部費や親に負担がかかる部活はしたくなかったし、高校生の時は新聞配達をしていたので部活をする時間がなかった。

父親はかなりいい給料をもらっていたが、あればあるだけ使ってしまう人だから貯金はあまりないと分かっていた。だから自分が少しでも貯金をして、いざというときに備えておこうと思ったのだ。

そんな金銭的な事情から大学には行けないと思っていたが、高校二年の時に祖父が亡くなり父親はそれなりの遺産がもらえたようで、その金で大学へ行かせてもらえた。

しかし生活費くらいは自分で稼ごうと、大学でも宅配業の倉庫の仕分けのバイトをしていたので、サークル活動などには参加しなかった。

社会人になってからも仕事が忙しく、平日は会社へ行って帰って寝るだけ、休日は持ち帰った仕事やたまった家事を片付ける日になった。

斉藤と同棲を始めてからは、さらに完璧に家事をこなさなければならなかったので休日は平日以上に忙しかった。

ここ半年ほどで一番のんびりしたのは、車上生活をしていたときだろう。

しかしあのときはのんびりと言っても単に時間があっただけで、することもできることもなかったので気疲れするばかりだった。

犬たちと一緒に暮らせて、家事をして感謝をされる今が一番幸せだと心から思う。

「この生活が性《しょう》に合ってるみたいです。次に就職するならハウスキーパーがいいかなって思うくらい」

「マジで？」

「でも普通ハウスキーパーは犬込みで住み込みは無理でしょうから、今の状況は本当にありがたいと思ってます」

「ホントに？」

「本当です」

いつものひたむきな少年の眼差しで見つめてくる雄大に感謝を込めて微笑めば、にぱっと笑い返される。

「ん……え？」

ふいに吹き抜ける冷たい風に思わず首をすくめれば、くっついてきた雄大にそのまま腕を組まれる。

「寒いし、押しくらまんじゅうしながら歩こう！」

腕は組んだままわざとらしく身体を押しつけながら歩く雄大に、人目を気にして辺りを見回してしまったが、平日の午後に図書館や植物園へ続く道に人影はない。車は通り過ぎていくけれど、すれ違うのはほんの一瞬。

それでも何だか恥ずかしくて俯けば、足元にアメリカフウの丸くてとげとげした実が落ちているのが目に入った。

何となくそれをこつんと蹴《け》れば、今度は歩を速めた雄大がこつんと蹴る。

次は自分の番だろう、とアメリカフウの実に近づけば、横から足を伸ばした雄大に先に蹴られてしまう。

無言で顔をのぞき込めば、雄大がにやりと笑うからつられて笑ってしまう。

腕を組んでくっついたまま、互いに牽制し合って小さなアメリカフウの実を追う。

二人ともダウンジャケットを着ているから、ぶつかっても痛くない。小走りになって少し息が弾むのも心地よい。

子供みたいなやりとりが楽しくて、冬枯れた木立の下をいつまでも雄大とこうして歩いていたいと思えた。

「ここを曲がった先にスーパーがあるんだ」

雄大が植え込みの茂みにアメリカフウの実を蹴り込んでドリブル合戦が終わったところで丁字路にさしかかり、雄大は木立の向こうに見える建物を指さす。

そこは雄大のマンション近くのスーパーより小規模だが、珍しくて高級な食材も扱っているという。

「ロマネスコとかアーティチョークとかあんだけど――ロマネスコって知ってるか？　とげとげしたカリフラワーみたいなの」

「はい。お好きですか？」

見た目がきれいなのと物珍しいのとで、斉藤が気に入っていたのでよく料理に使っていた。ピクルスやサラダにパスタ、とカリフラワーと同じ扱いができて手軽な食材だから、雄大が好きなら料理に取り入れたいと思ったが、雄大は食べるよりその美しさが好きらしい。

「ロマネスコの規則正しいフラクタル形状はフィボナッチ数列っつー法則でできてんのよ」

『フィボナッチ数列』は一つ前の数字を足していくことでできる数列で、ヒマワリの種の並びや、台風やオウムガイを形成する『対数らせん』もこの数列で成り立っている。

その法則は、人間にも無意識のうちに影響を与えているという。

「名刺の黄金比って知ってっか？」

「何か聞いたことがあります。確か、名刺のサイズはパルテノン神殿の対比と同じだとか」

「それそれ！　人間が美しいと感じるあの1対1・6の長方形も、フィボナッチ数列で形成されてんのよ。植物や自然は美を求めたわけじゃなく、機能性を突き詰めた結果、あの究極のデザインにたどり着いたんだ」

すげーよな、と興奮して瞳を輝かせる。熱く語る雄大のひたむきさはきらきらして美しい。

熱量を感じるほど近くで、その目を見つめながら話を聞けるのが幸せだと思えた。

しかしじっと見つめていると、雄大は決まり悪げに俯いて首筋をかく。

「あー……悪ぃ。興味ないよな、こんな話。つい好きなもんのこと考えると暴走しちまって」

悪い子めーっ、と自分の頭を拳でこつんと叩く雄大の照れ隠しが可愛くて笑ってしまう。

「正直、ほとんど理解できてないですけど、自然の作り出す美ってすごいんだなっていうのは分かって、おもしろかったです」

「わお、ホントに正直な感想」

子供みたいに木の実でサッカーをするかと思えば、難しい数列の話なんてし出す。予測もつかない雄大の言動は楽しくて、退屈することがない。

──楽しくて、ずっと側にいたいほどだけれど。

自分はただの雇われドッグカフェのマスターだ。しかも同情で拾ってもらっただけ。

努力して実力で仕事を得ている雄大とは違うのだ、と身の程をわきまえる。

「雄大さんは、すごく真面目に仕事に取り組んでらっしゃるんですね」

「好きを仕事にしたからには、誇れる仕事がしたい──なんちってな」

「そういうの、格好いいです」

照れ隠しにか語尾を茶化す雄大を、素直に称賛すれば瞳を輝かせる。

「マジで？　夕飯は美味いもん食って帰るか！」

称賛に気をよくして、夕飯を奢《おご》ってやろうと言い出す雄大の単純さが可愛くて、愛おしい。

「食って帰れば渚ちゃんも飯作らなくてすんで楽だろ」

「そんなお気遣いをしていただかなくても大丈夫です。好きでしてることですから」

「――好きって？」

ふいに真顔になった雄大から、窺うような眼差しで改めて訊かれて、どきんと心臓が跳ね上がった。

そのままばくばくと無駄に血の巡りをよくする心臓を落ち着かせようと、意識してゆっくり息をして気分を鎮める。

「えっと……料理、ですよ。料理を作るのは好きだから、苦になりません」

「ああ……料理すんのが好きってか。……まあ、そうだわな」

ははっ、と何だか乾いた笑いを漏らした雄大は、どんな答えを期待していたのか。

正しくは、「雄大が喜んでくれる料理を作るのが好き」なのだが、そんなことを言われたら重いだろうと口には出さない。

「それに帰らないと、ポポとワタゲが待ってますよ」

「ああ。そうだよな……悪いけど、マジでワンコたちのこと忘れてた」

「ええ？　怒りますよ、あの子たちが知ったら」

「今は、渚ちゃんのことしか考えてなかった」

「え？」

「パパ失格だなーっ。おやつ買って帰ろう！」

今の話はワンコたちに内緒な、と笑う。雄大のいたずらな眼差しに振り回されてどきどきしっぱなしになる。

冗談を真に受けそうになった自分が恥ずかしい。ポメラニアンが好きだからついでに自分を拾ってくれた雄大が、ポポとワタゲのことを忘れるなんてあり得ないのに。

「……雄大さんは、本当にポメラニアンがお好きですよね」

「ポメは世界で一番可愛いもふもふだからな！　最初――出会った駐車場では、ポメを寒い車ん中に放《ほ》ったらかすようなクソ野郎から救い出さなきゃ！　なんて思って近づいたんだ。そしたら人が死んでるみたいに横たわってたからびっくりしたわ」

「驚かせてすみません」

「だけどあの日、無理矢理連れて帰ってよかった」

あんときの渚ちゃんすんげードン引きしてたよなーと言われ、分かってやっていたのかと強引さに呆れるやら笑えるやらで、半笑いになる。

「でも、本当に助かりました。今だってよくしていただいて」

「助かってんのはこっちだって。ポポとワタゲと渚ちゃんがうちに来てくれて、毎日すげー楽しい」

満面の笑みを浮かべる雄大の言葉に、嘘はないのだろう。けれどただ人が寝ていただけなら、話しかけはしても家にまでは招かなかったはず。

――ポポとワタゲがいなかったなら、自分など雄大さんの視界にすら入らなかったんだ。

その事実が、今更ながらやけに辛く感じた。

図書館へ出かけた翌週の月曜日。雄大はポポとワタゲを連れて池の畔《ほとり》でピクニックをしようと言い出した。

突然のことに驚いたが、どうやらポポとワタゲの存在を一瞬とはいえ忘れたことへの罪滅ぼしらしい。

あの日は結局、あのままスーパーで買い物をして帰ってしまったから、池までたどり着けていなかった。

急なことにお弁当は何を作ろうかと考えたが、池の近くにカフェがあって、サンドイッチなどの調理パンをテイクアウトできるので、そこでパンを買って外で食べることにした。

まだ三月に入ったばかりの時期で肌寒いが、風がない晴れた日の外は心地よい。

図書館裏の駐車場まで車で来て、そこから二匹を散歩させながらのんびり三十分ほどかけて到着した池は、五十メートルプールより少し大きいくらいで、日差しを受けてきらきらと輝いてなかなかきれいなところだった。

「緑の季節もいいけど、冬場の葉を落とした木の間から水色の空を透かして見るのも好きなんだ」

「ああ……何だか模様みたいできれいですよね」

「だろー」

畳一畳分ほどのピクニックシートを広げ、薄いウレタン入りの座布団に二人並んで座り、ぼーっと景色を眺める。伸縮リードを付けたポポとワタゲも、ふんふんと落ち葉の匂いを嗅いだり揺れる枯れ草にびくっとなったりとそれぞれに外の感触を楽しんでいるようだ。

何もしていなくても、雄大となら退屈しない——なんて思ったのは渚だけだったようで、雄大はごそごそ鞄を漁って青い試験管のような、手のひらサイズで筒状のものを取り出した。

「今日はいいもの持ってきたんだー。口に入っても安心安全！　犬用シャボン玉！」

「え？　犬用？」

「これ、やってみたかったんだよなあ」

犬がシャボン玉を追いかけるのが見たかったそうだが、普通の洗剤のシャボン玉を口にしては身体に悪い。だから、口に入っても大丈夫なシャボン液を買ってきたのだそうだ。

「何でもあるんですねえ」

「おもしろいよなー」

わくわくした笑顔で容器から先端が丸い小さな輪になった棒を引き出した雄大は、勢いよくシャボン液のついたわっか部分に息を吹きかけてシャボン玉を飛ばす。

小さなシャボン玉が勢いよく噴き出て、虹色に光りながらふわふわと舞う。

ポポとワタゲにとって、犬生初めてのシャボン玉との遭遇。

慎重なワタゲが怖がりはしないかと思ったら、案の定びくついてしっぽを股に挟んで渚の腕の横まで逃げてきた。

ポポも一瞬腰が引けたが本当に一瞬で、すぐさまシャボン玉を咥えようと飛びかかる。

「ほーら、捕まえてごらんなさーい」

おもしろがった雄大がポポに向かってシャボン玉を吹くと、ふわわっと広がるシャボン玉のどれを捕まえようかと右往左往する様子が可愛くて声を出して笑ってしまう。

「ふふ。がんばれ。あ、ワタゲも？」

ワタゲも、ふわりと目の前に飛んできたシャボン玉に鼻を近づけ、パチンと弾けたのに驚いてまたへっぴり腰になる。

「どうだ？　ロマンチックだろー？」

「ロマンチックというか、ファンタジーっぽいですね」

「あー、ファンタジーかぁ……ちょい外したか」

ふわふわきらきらした感じが、何だかシャボン玉の中に入ってしまったみたいだ、なんてファンタジーな発想になったのでそう答えたのだが、何故か雄大は考え込む。

雄大と出会ってから、世界はふわふわと優しくて、美しい。

だけどそれは、触れれば弾けて消えてしまいそうなほど頼りない。

ただ成り行きで始めたドッグカフェのマスターの仕事は、楽しいけれど何の保証もない。

——だけど少しでも長くここにいたい。優しくて美しい世界を作り出す、雄大さんの側に。

「おおっ？　ワタゲの攻撃！　しかし雄大は反撃した！」

雄大は、シャボン玉は怖いから飛ばしてくる本体を攻撃！　とばかりに飛びかかってくるワタゲにシャボン玉を吹きかけ、ポポは喜んでくるくる回りながらシャボン玉を追いかける。きらきらきらきら、虹色に光を反射するシャボン玉に、ふわふわの毛をたなびかせてはしゃぐ犬たち。

そして犬たち相手に本気で遊ぶ雄大の無邪気な笑顔。

どれも眩しいほどきれいで——何故か目の奥が熱くなって涙がじんわりと浮かぶ。

「どした？　目に入ったのか？」

零れた涙をそっとぬぐったつもりだったが、雄大に気づかれた。

でも割れたシャボン玉の液が目に入ったと思われたようなので、そういうことにして頷く。

「ええ、大したことないですけど」

「どれ？　食っても大丈夫なものだから、身体に悪いことはないだろうけど……ちと赤くなってるな」

顎に手を添えられて上向かされ、じっと至近距離で目をのぞき込まれて息が止まる。

――もうあと数センチで、キスの距離。

馬鹿なことを考えてしまい、目だけではなく顔も赤くなっているのでは、と心配になった。

「目薬買いに行くか？」

「いえ！　痛みとかないですから。……もう、大丈夫です」

「そうか……」

雄大は納得したようだが放してもらえず、至近距離で見つめ合うことになって戸惑う。振り払うのも失礼だし、どうして放してくれないのかという意味で首をかしげてみる。

「雄大、さん？」

「へ？　ああ！　そ、そか。うん。大丈夫なら、大丈夫だろう！」

雄大は優しい上に心配性なのだろう。

黙っているのも気詰まりで、話題を求めて周りをぐるりと見渡せば、池の畔には桜の木が多いのに気づく。

「桜が咲いたら、お花見に来たいですね」

「桜の季節は人だらけだぞ」

桜がなくてもこんなにきれいな場所だ。きっと桜の季節ならこんなふうにのんびりとすることはできないだろう。

それなら、花も何もなくても今の方がいい。

「俺は花なんかなくても、渚ちゃんとワンコたちがいれば上等。両手に花だわ」

雄大も自分と同じことを感じたのだと思うと、何だか嬉しくなって顔がほころぶ。

くすくす笑う渚に微笑み返した雄大は、渚の膝を枕にごろりと寝そべる。

「こんなところで寝たら風邪引きますよ」

「寝ねぇよ。……ただ、いい気分だ。んー？　ははは。何だ『渚ちゃんの膝は私のよーっ』てか？」

駆けよってきて雄大の顔をぺろぺろ舐めだしたポポを、雄大は抱きしめて胸の上に乗っける。するとワタゲも「私も混ぜて！」と慌てて寄ってきて雄大の腹の上に乗る。

「おいおい、ちょっとー。俺は敷物じゃないんですけどー？」

雄大は大げさに眉間にしわを寄せるが、声は笑っていて楽しそうだ。

今この瞬間に、雄大が幸せでいてくれればそれでいい。

「ポポ、ワタゲ……いい座布団だね」

「渚ちゃんまで、ひどーい」

ふざけて座布団呼ばわりすれば、雄大はふて寝のふりか身体の力を抜いて目を閉じる。

膝に感じる雄大の重みと温もりが、心地いい。

ポポとワタゲのおまけで拾ってもらった自分も、幸せのご相伴にあずからせてもらえて運がよかった。

この幸せをくれた雄大の髪を、そっとなでれば薄く目を開けた雄大が見上げてくる。

「大きなワンコみたいですね」

ふざけて雄大を犬扱いしているふりでなでなでを続ければ、雄大も冗談を笑ってくれる。

「はは。渚ちゃんのワンコになら……なってもいーな」

「大きなお兄ちゃんができてよかったね、ポポ、ワタゲ」

「ホントにワンコ扱いしちゃいますか。ひどーい」

「ひどい」と言いつつ微笑んで目を閉じる雄大の、ワンコたちの毛より腰があるけど柔らかな髪を優しくなでれば、雄大はさらに嬉しそうに口角を上げる。

春はまだ少し先なのに、心はぽかぽかと暖かい。

穏やかに過ぎていく時間を愛おしむように、渚は雄大の髪をなで続けた。

◆

食料品がストックされている棚を開け、渚はぼーっと中のインスタント食品を眺めていた。

「お昼……どうしようかな」

自分一人だと、何も作る気が起きない。

雄大は、朝から友人に会いに出かけて留守。転勤先で事故に遭って長期入院をしていた友人が、やっと退院できて実家のあるこちらへ帰ってきたのだそうだ。

昼食を一緒に食べて夜までには帰ると言っていたから、夕飯はいる。ちゃんとした食事は夕飯で作るから昼は手を抜こう、とカップ麺を手に取る。

「前は、よく夕飯を無駄にされたっけ」

斉藤はしょっちゅう連絡なく外泊することがあった。残った夕飯は次の日にアレンジしたり渚が食べたりして捨てはしなかったが、せっかく作ったのにと虚しい気持ちになったものだった。

けれど雄大なら、そんなことはしないはず。

『——あのハリウッド女優も愛飲している、スーパードリンクがついに日本上陸です！』

雄大のいない寂しさを紛らわそうと、ついつけっぱなしにしていたテレビから流れ出た聞き慣れた声に、身体が強張る。

画面の中では、清潔感のある淡いブルーのシャツに白のジャケットを羽織った斉藤が、英語の書かれたペットボトル大の容器をずいっと前面に押し出す。

『日本の女性をきれいにしたい。それが、僕の願いです』

白い歯を見せて笑う斉藤と、テレビの画面越しに目が合った気がして慌ててリモコンを握ってテレビを消した。

ばくばくと嫌な動悸《どうき》がして、血は巡っているのに身体が冷えていくみたいな気持ちの悪い感覚に襲われ、崩れるように椅子に座り込む。

「……びっくりした」

昼時にテレビはほとんどつけないので知らなかったが、この時間帯にも斉藤が出演するテレビショッピングを放送していたのだ。

前は深夜だけだったので、その時間はテレビを見ないよう注意すればよかったのに。

久しぶりに見た元恋人に、懐かしさは感じない。

前は素敵だと思った笑顔も、作り物めいて不自然に感じる。あんなものを見たくて必死になっていた自分の滑稽さに、テーブルに肘をついて力なく俯くと足元のワタゲと目が合う。

渚の異変を感じ取ってか近づいて来たワタゲを抱き上げれば、すばやくポポもやって来て「私も抱っこ！」と後ろ脚で立ち上がって催促してくるので、こちらも抱き上げる。

「嫌なもの見ちゃったね」

語りかけても、ポポもワタゲもテレビからではあれは斉藤だと認識できなかったのか、いつもと変わらぬ無邪気さで渚のほっぺたや口元を舐めてくる。

両手に抱えたふかふかの温もりに、落ち着きを取り戻す。

――自分たちを捨てた男は、もう遠くにいて関わり合いになることもないんだ。

今の幸せだけを考えて生きればいい。

「よし。チキンカレーを作ろう！」

楽しいことをしようと考えれば、雄大のための料理作りが真っ先に思い浮かぶ。

作り物の斉藤の笑顔より、心からの雄大の笑顔が見たい。

自分の昼食は栄養補助食品のゼリーですませ、渚は雄大が好きな辛さ控えめのチキンカレー作りに取りかかった。


「……今日は夕飯いるって言ってたよね？」

雄大は「夜までには帰る」と言っていたのに、窓の外はもう真っ暗だ。

でもいつもの夕飯の時間まではまだ三十分ほどあるから、それまでには帰ってくるはず。

チキンカレーとマカロニサラダの夕ごはんが無駄になることはない、と信じているが昼に嫌なものを見たせいか妙に胸騒ぎがする。

メッセージを送ってみようかな、とスマートフォンに手を伸ばしたタイミングで雄大からの着信があり、渚は即座に電話に出た。

「もしもし」

『遅くなって悪い。でさ……今から客を連れてくから、ちょっとポポたちをケージに入れてくれるか？』

「はい。お客様は何人ですか？」

雄大は友達と話が弾んで、もっと話していたくなったので自宅へ招いたのだろう。予想外の展開だが、融通が利くカレーにしておいてよかったと何だか嬉しくなる。

『あー……客は、一匹です』

ちょっと遠慮がちに告げられたお客様の数え方に首をひねる。一匹ということは、動物？　人間のお客様はいないの？　と質問をする前に通話は切れた。

こちらから電話をかけ直そうかと思ったけれど、雄大の行動パターンから考えれば、もうすぐそこまで帰ってきている可能性が高い。

まずはポポとワタゲをおやつをエサにケージに入れると、雄大が帰ってきたらしく玄関の方でガチャリと扉の開く音がした。

さっきの電話は、予想通りマンションの駐車場に着いてからかけてきたのだろう。

「おかえりなさい、雄大、さん……」

「ただいまー。はじめまして、ローズです」

玄関に立つ雄大は、すぐ横に大きなふっさふさの毛並みのゴールデンレトリーバーを連れていた。

「その子が、お客様ですか。ローズちゃん？」

雄大にぴったりくっついておすわりしているゴールデンレトリーバーに少し腰をかがめて顔を近づければ、ふいっと目を逸らされる。どうも人見知りの激しい子のようだ。

怯えたような眼差しに、近づかないであげるほうがよさそうだと判断して離れる。

「ローズちゃんは、ご友人の犬ですか？　どうして家に？」

「ちょっと複雑でな。中で話すわ。おいで、ローズ。ここ、俺の家だから」

雄大はとりあえずローズと家の中へ入ろうとしたが、異変を察知したのかリビングでポポが吠えだした。

怯えて尻込みするローズは雄大に任せ、渚は先にリビングへ戻ってポポをなだめる。

「ポポ。いい子は吠えないの」

ケージのなかを右へ左へと走りながら吠えるポポを、大声で叱ると余計に興奮するだろうから穏やかに言い聞かせる。

散歩中、余所《よそ》の犬と出会ってもポポは無視するか吠えるかする犬嫌いだ。

ワタゲは逆に、人は警戒するが犬には自分から挨拶に行くほど社交的で、今も犬の来客を察知してかしっぽを振っている。

「はじめましてー。ローズでーす」

ポポに吠え立てられ、雄大にぴったり寄り添ったローズはしっぽを股に挟み込みながらリビングへ入って来た。

ポポはローズの姿を見ると、さらに激しく吠えだしたので、ケージから出して抱っこしてなだめる。

「ポーポ。ローズちゃんが怖がってるだろ？　いい子にして」

逃がさないようしっかり抱っこして言い聞かせれば、ふんっと大きく鼻息を吐いて一応鳴き止んでくれた。

ワタゲの方は大きなローズを少し警戒しているのか、ケージから出ては来ないがしっぽは振っているのでそのままにする。

ローズの横に正座して座った雄大に、ポポを抱いた渚も少し距離を取って正座して向き合う。

「ちょっとこの子の面倒も見てもらえないか？」

「面倒を見るのはいいですけど……いつまで預かればいいんです？」

「……十数年くらい、かなぁ？」

「え？　それって……この子、もらってきたんですか！」

「もらったんじゃない。預かってきたんだ」

旅行や出張の間というなら分かるが、十数年となると「預かった」とは言わないだろう。

この子が今何歳か、そもそも大型犬の寿命がどれくらいかも知らないから断定はできないが、それだけの年数ならこの子が天寿を全《まっと》うするまで面倒を見るという意味だろう。

命を扱うことを軽々しくするなんて。しかも渚に無断で。

斉藤が勝手にポポとワタゲを買ったときのことを思い出し、ずんっと胸に重いものが乗っかったみたいな息苦しさを感じた。

「どうして……先に一言連絡をくれなかったんですか？」

「この可愛いローズちゃんを見せたら、駄目とは言われないだろうと思って」

上目遣いの雄大は、明らかに言い出しにくいから不意打ちで連れ帰ったのだろう。こんな行動まで子供じみているのはいただけない。

「……僕が駄目と言ったら、どうするつもりだったんです」

「駄目って言われたら、俺とローズは路頭に迷っちまうな」

「え？　路頭に迷うって……？」

「ここは渚ちゃんとポポとワタゲの家でもあるわけだし、多数決で三対二で負けたら負けた方が出てくべきだろ」

困ったなぁ、とローズを見つめて途方に暮れる雄大は、本当に出て行きそうな勢いで面食らう。

「何を言ってるんですか！　ここは雄大さんの家で、出て行くなら僕たち居候――」

「ただの居候じゃない！　渚ちゃんは俺の……大事なドッグカフェのマスター、だろ？」

「……はい」

あくまでも、仕事としてここにいる。その事実を再認識すると、何故だか少し寂しい気分になる。家族みたいに仲良く暮らしているけれど、家族ではない。

一歩間違った箇所に足を踏み出せば真っ逆さまの、綱渡りをしているみたいな自分の不安定な立ち位置を見るように俯いてしまう。

だが雄大は、みんなを家族のように扱ってくれる。

「ポポとワタゲだって、もうここが家だと思ってるさ。なあ……ワタゲ？」

雄大はケージの中のワタゲに話しかけようとしたが、そこにワタゲの姿はなかった。

「ワタゲ？」

そこにいると思っていた渚も辺りをきょろきょろ見回し、ローズの背後でくんくん匂いを嗅いでいるワタゲを見つけた。

二匹はよく似たクリーム色の毛なので、同化していて一瞬分からなかったのだ。

ワタゲは他の犬と積極的に挨拶をするタイプだ。ローズも耳を倒して緊張しているようだが、ワタゲを追い払ったり襲いかかったりする気配もない。

「おおっ、ワタゲもローズちゃん受け入れ派か！　よっしゃー、こっちの勝ちだな」

多数決で有利となった雄大は、さっきのしおらしさはどこへやらという勢いで拳を握りしめる。

膝に抱いたポポは、渚の腕に顎をのせ、ふてくされたみたいに寝ている。もうローズの存在など気に留めていない風に見えるが、ちらちら横目で見ているのが分かって、ちょっと可愛い。

三匹は緊張感を持ちつつも、ケンカをしそうな雰囲気はない。

ポポとワタゲがローズを受け入れるなら、渚がローズを拒否する理由はなかった。

しかし、預かるなら理由が知りたい。

「その……ご友人はどうしてローズちゃんを手放すことになったんですか？」

当然の質問だと思ったのだが、雄大は言いにくそうに眉根を寄せて顔をしかめた。

「徹は……友達は事故で、歩けなくなったんだ」

「え？　歩けなくって……」

「リハビリで歩けるようになるかもってがんばってたんだが、駄目で。車椅子で生活してかなきゃならなくなってな」

ローズの飼い主の菱沼徹《ひしぬまとおる》は、雄大の大学時代からの友人で、半年前に交通事故に遭い重傷を負った。

命は取り留めたが下半身が麻痺《まひ》する後遺症が残り、何とか歩けるようになればとリハビリを続けてきたが回復は望めないと宣告され、車椅子で生きていく覚悟を決めた。

しかし訓練された介助犬ならともかく、普通の犬を連れて車椅子で外出するのは危険だ。

入院中は両親が預かってくれていたが、父親は心臓を患っていて走れず、母親は小柄で大型犬に引っ張られれば転んでしまいそうで、ローズを散歩に連れて行けなかった。

その代わりにと庭や家の周りを走れるようにしていたが、それまで毎日一時間以上散歩をしていたローズは運動不足になったようだ。

環境が変わったこともストレスになったのだろう。ローズは食欲をなくしてやせ細り、毛づやも悪くなっていたので、里親を探すことにしたのだそうだ。

「ストレスで、ここと か……禿《は》げてきちまったんだ」

「ああ……かわいそうに」

毛が長いので分かりづらいが、触れてみると皮の下はすぐ骨というくらいに瘦《や》せていた。雄大がかき分けた部分は毛がごっそり束で抜けたようで、三センチほど地肌が見えている。こんな箇所が複数あるそうだ。

脱毛しているだけで痛みはないそうだが、痛々しくて見ているだけで辛い。

犬は言葉で気持ちを伝えられないが、ローズの上目遣いな眼差しから不安や寂しさを感じている と察せられる。

まるで斉藤に捨てられたときの自分を見ているようで、ぎゅうっと胸を押さえ付けられたみたいな息苦しさを感じた。

「もちろん、ポポとワタゲが最優先なんだが、こんな様を見ちゃ放っておけなくて」

何とかしてあげたくなって里親を買って出た、雄大の気持ちはよく分かる。

一応、トライアルの一時預かりで先住犬との相性を見てからと断りは入れたそうだが、そんな事情を知ってしまったら、渚も何とか受け入れてあげたいと思った。

「そういうことでしたら……。ポポとワタゲがいいなら、僕は構いません」

「ホントに？　さっすが渚ちゃん！　マジ天使！　よかったなー、ローズ」

歓喜した雄大にがしっと抱きしめられ、ローズは最初かちんと固まったが、雄大がぐりぐりと頬を頭に擦り付けると、次第にふさふさとしっぽを振り出した。

嬉しそうな雄大につられて、何となく楽しい気分になってきたようだ。心なしかおどおどしていた目つきも和んで見える。

ワタゲもローズのすぐ横で、つられてしっぽを振っている。

賑やかな周りにうるさそうに頭をもたげたポポは、ぴょいと渚の膝から下りた。

ポポがいなくなったので、渚も膝立ちでローズに近づき頭をなでる。

「よろしくね、ローズ。……こら、ポポ！」

座ったローズのお尻の辺りを嗅いで、ウーッと小さく威嚇したポポを叱りつけると、ローズの方が耳を倒して首をすくめる。

「ごめんね、ローズ。君を叱ったんじゃないから」

渚が再びポポを抱っこすれば、ワタゲが「気にすることないよ」とばかりにローズを見上げてしっぽを振る。

「ワタゲ先輩、結構面倒見いいな」

「ええ。ドッグカフェの新しい従業員の指導係をしてもらいましょう」

「はは。そうだな」

渚が世話を引き受けたけれど、ご主人様の匂いがついているせいかローズは雄大にべったりだった。エサも雄大がやらないと食べないほどで、夕飯の時もテーブルの下で雄大の足元から動かない。

ポポとの相性もまだ分からないので、ローズはしばらく雄大の寝室で暮らして徐々に慣れさせていくことにし、夕飯後はローズだけ寝室に入れてみた。

しかし知らない場所でひとりぼっちは寂しかったのか、ヒュンヒュン鼻を鳴らして扉を引っかくので放っておけず、リビングへ連れ戻す。

「探検しておいで、ローズ。何も怖いものはないからね」

ポポは渚が抱っこし、ローズの好きにさせてやる。

雄大はまだ仕事があって、仕事部屋にこもっている。ひっつく相手がいないローズは、しばらくリビングをうろうろ歩き回り、最終的にクッションに顎をのせて寝ていたワタゲの隣にそっと腰を下ろした。

くっつかれたワタゲは頭をもたげて鼻をひくつかせただけで、特にリアクションはなし。その反応に安心したのか、ローズもぺったりと床へ腹ばいで座り込む。

どうもローズは、内気同士ワタゲと気が合うようだ。

ポポもローズの動きを目で追いはするが、もう唸ったりはしない。落ち着いているようなので床に下ろしてみると、ローズを見ないふりでお気に入りのボールのおもちゃを齧りだす。

何とか上手くいきそうなので、渚はこの間にさっさと入浴をすませた。

「寝るのもここで、一緒で大丈夫かな？」

様子を見てみよう、とまだ早い時間だがテントから布団を引っ張り出す。

最近は、雄大もここで寝るのでテントはすっかり布団の収納場所になってしまっている。

布団を敷くと、何故か喜んではしゃぎ出すポポとワタゲは二匹でころころと遊び出す。

まだ遊びの輪に入れないローズは、少し離れて二匹のじゃれ合いを見ていた。

その背中が、何だか悲しげに見えて切なくなる。

「そのうち、ポポとも仲良くなれるよ」

それまでは自分がいる、とローズを自分の布団に引き込んで一緒に横になった。

大好きな飼い主と離れて今は寂しいだろうけれど、ここにいれば大丈夫。

「大丈夫だよ、ローズ。僕たちはみんな……雄大さんに拾われた仲間なんだから」

犬と同列か、と突っ込まれそうだが、いっそ自分も犬だったらよかったのにと思う。

そうしたら、もっと雄大にくっつけるのに——。

「何、馬鹿なことを……」

雄大に抱きしめてもらえる犬たちがうらやましいなんて。

情けなさに眉根を寄せて俯けば、そんな渚を心配するかのようにローズが鼻を渚のおでこにくっつけてきた。

しっとり濡《ぬ》れて冷たい鼻の感覚に、何故だかふっと笑ってしまう。

「慰めてくれてるの？　いい子だね」

ローズの首筋に腕を回して抱き寄せれば、腕の中に収まってくれた。「はふ……」とちょっとため息みたいな声を漏らして、ローズは顎を布団に下ろす。不承不承《ふしょうぶしょう》という感じは否めないが、ここで寝なければならないと覚悟を決めたようだ。

今はまだ無理でも、ここに来てよかったと思ってもらえるよう精一杯可愛がろう。そう決意しながら、渚はまだらに毛の抜けたローズの背中をゆっくりゆっくりなでてやる。

「雄大さんは優しい人だから、何にも心配いらないからね」

優しい人だから、困っているのを見れば犬にでも人にでも救いの手を差し伸べる。それだけのことで、もし困っていたのが渚でなくても、こんな風に親切にしてくれたはず。

誰にでも向けられる優しさは、甘いイメージなのに苦く感じる。カカオ90％のチョコレートを食べた時みたいに、顔をしかめてしまう。

目の奥が熱くなって、悲しいわけでもないのに涙があふれそうになる。

久しぶりに斉藤のテレビショッピングを見てしまったり突然ローズが来たり、といろいろあったせいで情緒不安定になっているのかもしれない。

——情けないな。

豆腐なメンタルが情けなくて自己嫌悪に陥っていると、リビングの扉が開いた。

「お？　ローズもここでねんねか？　って……もう寝てる、か」

電気はついているが、目をつぶっていたせいで渚はもう寝ていると勘違いしたようだ。雄大は声をひそめて、そろりそろりとした歩き方に変わる。

コーヒーでも頼みに来たのだろうか。だとしたら起きなければと思うが、せっかく起こさないよう気を遣ってくれたのに目を開けるのも悪い気がして、渚は寝たふりを続けた。

「も……マジ、かわい……あ、徹に写真送っとこ」

雄大はローズが家になじんで寝ている、と元の飼い主に知らせるべく写真を撮ろうと思いついたようだ。

カシャカシャとカメラのシャッター音が連続して響く。

いったい何枚送る気だ？　と犬馬鹿っぷりがおかしくて、吹き出しそうになるのをローズのふかふかの毛に顔を埋めて堪える。

「ふうぅぅ……ダメだ、ホント、もう可愛い……あぁ、可愛い。天使が寝てるってことは、ここはヘブンか？」

ぼそぼそぼそ、小声で呟きつつシャッターを切り続ける雄大の存在を感じながら、渚はそのまま眠りに落ちていった。

◆

「……ローズ。ほんっとごめん！　これはちょっとした手違いでね――」

扉の向こうから聞こえる雄大《ゆうだい》の何やら切羽詰《せっぱつ》まった声と珍しいローズの鳴き声に、渚《なぎさ》は廊下へ出た。

「どうかしましたか？」

玄関先で、ローズが後ろ脚で立ち上がり、喜びにしっぽをぶんぶん振りながら雄大に飛びかかっている。

ここへ来てもう二十日ほど経《た》つが、ローズがはしゃいで吠えるのは散歩の前くらい。けれど今日は朝からずっと雨で、お散歩へは行けない。

ポポはそれほど散歩が好きではないし、ワタゲは散歩は好きだが濡《ぬ》れるのは嫌いなので、雨の日は散歩に行けないと納得してくれる。

お利口なローズも窓の外を見せながら「雨だから行けないよ」と説得すれば分かってくれる。はずなのだが――。

「今日は雨だよ？　ローズ」

ちゃんと朝から何度も窓の外を見せて説明して納得してくれたはずなのに、ローズはお散歩に行く気満々になっていた。

どういうことかと雄大を見れば、雄大は俺のせいだ、と片手で頭を押さえて苦悩のポーズを取る。

「呪われしお散歩ヒモに触れちまったんだ！」

「ああ……それは……ご愁傷様です」

玄関先にかけてある散歩用のリードに雄大が何かの拍子に触れてしまい、リードの金具の音を聞きつけたローズはお散歩に行けると勘違いしてテンションが上がってしまったようだ。リードに触れし者は、散歩に連れて行くまでローズのストーキングから逃れることはできないのだ。

期待に満ちた瞳でじぃーっと見上げるローズの眼差《まなざ》しから必死で顔を背けていた雄大だが、ふっさふっさと振られるしっぽは視界に入る。

ぎゅっと目を閉じても「ヒューン」と遠慮がちに鳴く声は耳に届いて、雄大を追い詰める。

「よし、ローズ。お散歩行くぞ！　四十秒で支度しな！」

覚悟を決め、ガッとお散歩ヒモを握る雄大に、ローズはもはや旋風《せんぷう》を巻き起こす勢いでぶんぶんしっぽを振って飛び跳ねる。

これは可愛すぎて逆らえない。

雄大が防水のダウンジャケットとズボンに着替える間に、渚はローズの身支度をする。

雨の日でも動物病院などに出かけなければならないこともあるだろうと買ってあったカッパを、せわしなく暴れるローズに苦労して着せて送り出した。

そんなローズを、ワタゲはちょっとうらやましそうに見ていたが、玄関の扉を開けると流れ込んできた冷たく湿気《しけ》た風を受け、「こんな日にお散歩とか、ないわー」とでも言いたげに大人《おとな》しくポポの待つリビングへと引っ込む。とても利口な判断だ。

「……お風呂、入れとこう」

もう三月も末だが、まだまだ寒い。カッパを着させたので雨は防げるが泥跳ねは防げないから、ローズの長い毛はドロドロになって拭いたくらいではどうにもならないだろう。

ここはペット可のマンションだけあって駐輪場の横に屋根付きの足洗い場もあるのだが、そこは水しか出ない。お湯できれいに洗ってあげたい。

渚はお風呂にお湯を張りタオルも出して、帰宅した際の準備にいそしんだ。

『ピンポンパンポーン。お客様のお呼び出しを申し上げます。氷室《ひむろ》渚様ー、足洗い場までタオルをご持参の上お越しください』

「はい。すぐ行きます」

四十分ほど経っただろうか。雄大からのふざけた呼び出し電話を受けた渚は、用意していたタオルを持って足洗い場へ向かう。

雄大は一応タオルを持って出たが、やはりあれでは足りなかったのだろう。

小走りで足洗い場へ急いだが、そこに立つ雄大の姿を見たとたん、全速力でダッシュした。

ローズはともかく、傘を持って出たはずの雄大が、頭からぐっしょりと濡れて水滴を滴《したた》らせていたのだ。

下手《へた》をするとカッパを着ているローズより濡れているように見える。

「どうして雄大さんまでそんなに濡れてるんです！」

「途中から傘さしてんの面倒くさくなっちまって」

雨に濡れても楽しそうに歩くローズを見ていると、傘の下に縮こまって歩く自分が小さい奴に思えて嫌になったそうだが、何を言っているのか理解できない。

とにかく早く何とかしなければ、とのんきな雄大を急《せ》かす。

「風邪《かぜ》引きますから、早く拭いて！」

「おう」

慌てて差し出したタオルで、雄大は自分ではなくローズを拭く。

「もう……」

自分より犬が優先だなんて雄大らしいが、これでは雄大が風邪を引く。

それは困るので、渚が雄大の頭からタオルを被《かぶ》せてごしごしと拭く。

「へへっ、悪《わり》ぃね」

「いいえ。お風呂も用意してありますから、ローズと一緒に入ってください」

「おおー、いいね。渚ちゃんも一緒にお風呂だぞ！」

タオルでローズの頭をわしゃわしゃ拭きながら笑う雄大に、お散歩の余韻でか興奮してぶんぶんしっぽを振っていたローズが、何故《なぜ》かぴきんと緊張した気がした。

「ふざけてないで、早くしてください」

「ふざけてませんが、早くしまーす」

足元だけは洗ったローズを急かし、駆け足で部屋へと戻った。

「ローズ！　温まらないと風邪引くから！」

ローズがここへ来てから、初のお風呂。

ローズは雨に濡れるのは平気なくせに、お風呂が苦手なようだ。

雄大が元飼い主の徹《とおる》にSNSで問い合わせると、『がんばれよー』と冷や汗をかくゴールデンレトリーバーのスタンプ付きのメッセージが返ってきた。

へっぴり腰でしっぽを股に挟むローズを前から雄大が引っ張り、渚は後ろからお尻《しり》を押して何とかバスルームに押し込む。

後は雄大に任せようとしたが、扉を開けようとするとローズが脱走を試みるので出られなくなってしまった。

「しょうがない。ついでにローズ洗うの手伝ってけ」

「そうですね」

結局、雄大も服を脱ぎに脱衣所に出ることができず、風呂の中で脱ぐことになった。

渚も動きやすいようトレーナーを脱いでシャツの袖《そで》をまくる。

「おーし。んじゃ、洗いますか」

「はい」

雄大が脱いでいる間は視線を逸《そ》らしていたが、腰にタオルを巻いた雄大に視線を戻し、一瞬固まる。

骨太なせいで服を着ていると細身だな、程度にしか思わなかったが、脱ぐと雄大は思っていた以上に細かった。

これでは体調を崩せばなかなか回復できないのでは、と心配になる。

まずは身体《からだ》が冷えているだろう雄大は湯船に浸かってもらい、渚がローズの首輪と身体を押さえてシャワーで泥汚れを落としてやる。

「ローズの脱毛症、治ってきてるみたいですね」

ブラッシングの際にも気にして見ていたが、新たに抜けることもないし少しずつ毛の抜けていた場所が目立たなくなってきていた。

ここの暮らしに不満がないようで嬉《うれ》しくなったが、雄大は当然だろうとローズを見る。

「こんだけ渚ちゃんが至れり尽くせりしてくれて、不満なんてあるわけないよなぁ？　ローズ。昼風呂なんて極楽だろ」

「地獄の間違いでは？」と言いたげに固まっているローズと違い、楽しげな雄大にさりげなく訊《たず》ねてみる。

「雄大さん……仕事部屋にこもってるときは、何を食べてるんですか？」

栄養補助食品やゼリー飲料の買い置きがあったからそれらを食べているのだろうと思っていたが、それでここまで痩《や》せているのはおかしいと思ったら、予想以上にひどい答えが返ってきた。

「ブドウ糖は摂取してる」

「ブドウ糖って……」

「ラムネだ」

「それは食事ではありません！」

「物を食うと、消化するのに胃に血が行って脳の血流が悪くなるだろ」

頭を使う仕事をするには、脳の栄養としてブドウ糖があればいいという発想らしい。

「脳が働かないのは困るかもしれませんが、身体を壊して寝込んだらもっと困ることになりますよ」

「んー……それはそうだけど」

雄大も身体に悪いという自覚はあるらしい。だから栄養補助食品などを準備はしているが、あまり食べないという。

「食べましょうよ、そこは！」

「そうしたいんだが……いったん仕事に集中しちまうと食べなくても平気というか、一時間を五分くらいにしか感じないから、気がつくと朝だったりすんだよ」

修羅場《しゅらば》になると空腹感も眠気も感じなくなるが、トイレに行きたいという感覚はさすがに起こるので、その時に水とラムネを摂取するという。

「仕事部屋まで食事をお持ちしますから、食べてください」

「いや、でも——」

「お願いですから、食べてください。何でもお好きな物を作りますから」

「……渚ちゃんは、なんでそこまで俺によくしてくれんの？」

長い腕で濡れておでこに張り付く髪をかき上げる、やけに真面目《まじめ》な顔をした雄大に、探るようにじいっと目を見つめて訊ねられ、心臓がどきんと大きく鼓動を打つ。

何か期待しているみたいな眼差しに、期待に沿える答えをしたいと思うのだけど、正解が分からない。

髪から滴る雫《しずく》に、水も滴るいい男ってこういうことか、なんて混乱した思考が脱線を始めるので、正しい理由を考えるのを放棄して一番無難な答えを返す。

「それは……雄大さんに何かあったら、犬たちも僕も、みんなが路頭に迷いますから」

自分が口にした言葉に、自分で納得がいった。

雇い主が倒れたら、従業員として困る。だから健康管理をする。

何より雄大は住所不定無職の渚を拾ってくれた恩人だ。恩を返すのは当然のこと。

——何も特別なことじゃない。特別な気持ちなんて、ない。

「ね？」とローズに同意を求めてみたが、ローズからは「今それどころじゃないです」と言いたげな悲しげな目で見られ、思わず吹き出してしまう。

「ローズー。渚ちゃんに風呂に入れてもらってその顔は何だ？」

雄大も湯船からローズの頭をわしわしとなで、何だか硬い雰囲気になっていたのが一変、明るくほかほかした空気に包まれる。

しっかり温まった雄大も参加して、本格的にローズを洗いだす。

「ああ、ローズごめんなー。ちゃちゃっと洗おうなー」

今のところ、この体格でも雄大は元気そうで、犬用シャンプーでローズを泡だらけにして楽しげに洗ってやっている。

じっと固まりされるがままのローズの目は、観念したというか諦《あきら》めたというか、うつろで焦点が合っていない。

気の毒なのだが、可愛くって笑わずにいられない。

「ふふっ。ローズ、放心してますね」

「きれーきれーしてやってるのに、何だよもう」

楽しげに笑う雄大には、ずっと元気で笑っていてほしい。

——雄大さんのために、できることは何だってしてあげたい。

「うわっ、ローズ！」

考え込んでぼんやりしていたところに、泡をシャワーで洗い流されたローズが盛大にぷるぷると身を震わせたものだから、渚もびしょ濡れになってしまった。

「もう。まあ、いいか。拭いてあげるからじっとして」

どうせ濡れついでだ。がっしりとローズを抱きとめてタオルで身体を拭いてやる。

「悪いな。何か、おまえまでびしょ濡れ、で……」

じっと一点を見つめて絶句した雄大が、どこを見ているのかと視線をたどれば、渚の胸元辺り。濡れたシャツを見ているようだ。

「そんなに気にしないでください」

「……エロシャツ……」

「エコシャツ？」

「やっ、何でもない！　そうだ、シャツ！　何でもいいから着替えとってきてくれ」

渚も結構濡れたが、滴るほどではないから外へ出ても大丈夫だろう。

ローズもある程度の水は拭き取れたので風呂場から出てもいいかと扉を開けると、ローズは開くと同時に扉の隙間に身体をねじ込んで逃げ出した。

「ローズってば、そんなに嫌だった？　きれいにしてあげたのに。ねえ、雄大、さん？」

せっかくきれいにしてあげたのに必死の様相で逃げられて、ひどいですねと同意を求めて雄大を振り返ったが、雄大の視線はまだ渚の濡れたシャツに釘付《くぎづ》けになっていた。

濡れた服を着ていては風邪を引くのでは、と心配してくれているのだろう。

本当に優しくていい人だ。

「あの、僕もすぐ着替えますから大丈夫ですよ？」

肌に張り付く濡れたシャツが不快だったので引っ張ってはがすと、何故か雄大は「ああっ」と声を漏らした。

「もったいない……」

「え？　何がですか？」

「俺のプレシャスピンクが消えちゃったようぅぅ……」

「んー……。ピンクのシャツがいいんですか？」

そんなシャツあったかな？　とクローゼットの中身を思い出しつつ首をかしげる渚に答えず、雄大は顔を覆って泣き真似《まね》をするばかり。

「それはともかく、早くローズを乾かしてやらないと」

とりあえずピンクのシャツ探しは後回しだ。手早く自分の着替えをすませた渚は、雄大の服を適当に一式揃《そろ》えて脱衣所へ持っていく。

「ピンクじゃないですが、今はこれを着ておいてください」

「ああ。ローズにドライヤーかけてやらんとな」

雄大も服にこだわっている場合ではないと理解したようだ。てきぱきと服を身に着けた雄大と共に、ドライヤーを手にリビングへ逃げ込んだローズを追った。

◆

今日も修羅場らしく、十二時半を過ぎてもドッグカフェに来ない雄大と真治《しんじ》に出前を届ける。

「失礼します。もうお昼過ぎてますよ」

仕事の邪魔をしてはいけないし、買い置きの食品を食べていると思っていたから今まで何もしなかったが、あのやせ細った身体を見ては放っておけない、と強制的に出前をして食べさせることにしたのだ。

仕事部屋にはデスクトップパソコンがのった机が二台、窓際が雄大で壁際が真治の机。それからもう一方の壁には仮眠用のベッドにもなる大きめのソファと丸椅子《まるいす》が一脚ずつ、その前にはローテーブルもある。

料理を運んでくる前に、資料や印刷した紙が積み上がった二人の机の上を整理して、パソコンでの作業をしながら食事ができる環境作りから始めなければならない。

まずは雄大の机の上から、空のコーヒーカップとメモ帳とスマフォスタンドをローテーブルに移動させる。

他にどけても問題なさそうなものはないかと見れば、金色の口紅がころりと転がってきた。

雄大のパソコンのモニターには、その口紅が入りそうな長方形の箱が映し出されている。どうやら今日の仕事はこの口紅に関するデザインのようだ。

金色でほっそりした口紅は小さな芸術品のようで、女性なら見ているだけで心が弾むんだろうなと思える美しさ。

「すごくきれいなデザインですね」

思わず手にとって眺めれば、モニターから渚へと視線を移した雄大は得意げに笑う。

「だろー？　だけど、それは俺のデザインじゃない。俺がデザインすんのはパッケージの方。『はんなりピンク』に『ジャパネスクレッド』って、すげえ名前だろ。つけてみる？」

「ええっ？」

「――と言いたいとこだけど、残念ながら中身はまだ空なんだよなー」

本体は見本として届いただけで、中身はない。キャップを開けてみると、カラーを再現したプラスチックの棒が入っているだけだった。

「まあ、どっちも派手すぎて渚ちゃんにゃ似合わないかな。清楚《せいそ》系できれいな渚ちゃんには、もっとこう、淡いパステルカラーで上品な感じのが――」

「似合わなくて結構です」

「氷室渚ちゃん、相変わらずきれいな顔して超クール」

口紅が似合いそうなんてからかわれているに決まっているのに、雄大からじっと顔を見つめられると、じわりと頰《ほお》が熱くなる。

きれいと言われて得をしたことなど何もないのに、雄大から言われると嬉しい。

仕事の疲れで目元にクマはあるものの、相変わらずきらきらした雄大の目に、自分が「きれい」と映っているとしたら嬉しいと思ってしまう。

どうしてこんなにどきどき心臓が騒ぐのか。分からないけれど「きれい」と言われて喜んでいるとは知られたくなくて、再び机の整理へ戻ると相手をしてもらえないと悟ったのか、雄大はつまらなさそうな顔をしてパソコン画面に向き直る。

今日はカラーバランスを見るためかブルーライトカットの眼鏡《めがね》はしていないが、それでも知的に見える。

さっき渚をからかった同じ人とは思えないほど、仕事に打ち込む雄大の横顔は真剣で格好いい。右手でペンタブレット、左手でトラックボールというゴルフボールほどの大きさの玉を指先で転がして使うマウスを操り、モニター上のデザインを微調整する。

その器用さについ見とれそうになったが、自分も仕事中だったと思い出し、手は休めず机の上を片付けながら盗み見るにとどめた。

雄大は手を止める気はなさそうだが、真治の方は協力的だ。自分の机の上を片付けて食事できるスペースを作りながら、渚にこの仕事についていろいろと教えてくれる。

「口紅って似たような色でも違う名前で出すから、カラーコーディネーターとかが必死に色名を考えるんすよ。シャイニービビッドピンクとか、もーどんなんだよ？　みたいな名前をがんばってひねり出されると、こっちも負けじとがんばらなきゃ！　って、なるんすよね」

今回の『はんなりピンク』は華やかな明るいカラーのピンクで、『ジャパネスクレッド』は日の丸の紅色を連想させるくっきりとした赤だそうだ。

海外の人がお土産《みやげ》に買ってくれるよう、和をイメージさせるパッケージにという依頼に、古典的な着物の柄を使ったデザインを提案して採用されたそうだ。

今はその最終調整段階で、紙に印刷したパッケージを組み立てて立体的に見て違和感がないかなどもチェックしているようだ。

商品を作る人、それに名前をつける人、パッケージをデザインする人。――いろいろな人が関わるが、よい商品を作りたいという気持ちはみんな同じ。

渚も雄大たちの食事の世話をすることで、微力ながら協力できている気になれて楽しくて、やりがいを感じられた。

今日のランチは、チャーハンにミニ春巻きとスープの中華セット。

ドッグカフェにはちょっと似合わないメニューだが、仕事中にスプーンやフォークで簡単に食べられるメニューを考えた結果、こうなった。

運び込んだ料理に、真治は嬉しそうに「いただきまっす！」と早速食いつく。

「いやー、渚さんが修羅場飯作ってくれるようになって、ホントよかったっす」

真治も雄大の健康を気遣ってくれていたのかと思ったが、違った。

「目だけ爛々《らんらん》と輝かせたおっさんがガリガリボリボリ、白い錠剤をむさぼり食ってる姿は、白骨食ってる妖怪さながらでしたかんね」

修羅場中は脳の栄養としてブドウ糖を摂取していると言っていたが、いろいろな味があって適度な歯ごたえがあるラムネを嚙《か》むことで眠気覚ましにもしていたようだ。

その様はキモいを越えて怖かった、と真治はわざとらしくぶるりと身を震わせる。

それは確かに怖いが、ひどい言われようだ。

妖怪呼ばわりされて普段なら即座に反撃してくるだろう雄大は、今はモニターに齧りつきで、箱を組み立てたときに模様がずれないようミリ単位の調節に苦心しているようだ。

温かいうちに食べてほしいが、作業の邪魔はしたくない。

だから渚は、雄大の椅子の横へ丸椅子を並べて座り、スプーンを手にする。

卵とじの中華スープを一さじすくい、軽くフーッと息を吹きかけて火傷《やけど》しない程度に冷ましてから雄大の口元へと運ぶ。

「あーん」

声をかければ、雄大はぱかっと口を開く。そこへ零《こぼ》さないようスプーンを突っ込む。

口元まで持っていけば食べてくれるかも、と試してみれば上手《うま》くいったので、以来この方法で食べてもらっている。

スープの次は春巻き、チャーハン、またスープ、とこまめに変化をつけて食べさせていく。以前に雄大が、昔飼っていたポメラニアンに一粒ずつドライフードを食べさせていたと言っていたが、こんな感じだったのかななんて思いながら食べさせていると楽しい。

「食べさせるのはさすがに甘やかしすぎじゃないすか？」

渚は楽しんで食べさせていたのだが、じと目になった真治から苦言を呈される。

「でも、厳しくするところはしていますよ」

どこが？　と疑いの目を向ける真治に、厳しいところを実践で見せる。

そろそろお腹《なか》がいっぱいになってきたのか「あーん」と言っても口を開けなくなった雄大の口元に、チャーハンをのせたスプーンを突きつける。

「あと少しですから、食べてください」

すぐ横に座って話しかけているのだから聞こえていないはずはないのだが、雄大の脳には届いていないようだ。

最初の頃は無視されているのかと不安になったが、雄大は物事に集中し出すと彼にとって重要ではないことは街中の雑音のごとく感知されなくなるだけ、と気づいてからは対処できるようになった。

「全部食べないなら、おやつ抜きですよ。今日のおやつはシュークリームなのに、いいんですか？」

耳元に口を近づけ、『おやつ抜き』『シュークリーム』という重要なキーワードを唱えれば脳にまで到達するようで、雄大はぱかっと大きく口を開ける。その口にチャーハンをすくったスプーンを入れて、またすくって入れるを繰り返して残さず食べさせる。

無心に食べているようだが、好物のごろっと大きめに切った焼き豚があったときはちょっと嬉しそうで、可愛いと思う。

また焼き豚を仕込んでおこう、と料理へのモチベーションを上げてくれる。

「はい、ごちそうさまでした？」

「……ごちそうさまでした」

自分が作った料理を『ごちそう』という気はないが、食事をとれることに感謝の気持ちを持つのは大切だと思うので、きちんと言ってもらう。

「ね？」

「めっちゃくちゃ甘やかしてるじゃないすかー」

厳しく接して甘やかしていないとアピールしたのに、真治がさっきより呆《あき》れた顔をしているのは何故だろう。

どこがどう甘いのか訊ねたかったが、真治は盛大にため息を吐《つ》いた後、パソコンに向かって作業を始めてしまった。

雄大も仕事に没頭しているし、渚は二人の邪魔をしないよう静かに食器を片付けて仕事部屋を後にした。

◆

その日、珍しく早朝から真治がやってきた。

アシストに入ると聞いていなかった渚は、ランチはどうしよう、というか朝食もいる？　なんて考えながら玄関を開け、いつになく深刻そうな真治の様子に目を見張る。

「ボス、起きてます？」

「ええ。でもローズの散歩に行ってて……何かあったんですか？」

やたら慌てた様子の真治に異変を感じたのか、足元でキャンキャン鳴き立てるポポを抱っこしつつ訊ねれば、真治は気づいてないんだ、と困った顔をする。

「気がつくって……何にです？」

「昨日から、ボスがパクリをやらかしたって噂《うわさ》が流れて炎上しちゃってるんですよ！」

「パクリって……え？　雄大さんが盗作されたんですか？」

「そーじゃなくて、ボスがっ！　パクったって！」

「ええっ？」

あまりにあり得ない話につい大声を出してしまい、せっかく大人しくなっていたポポがまた興奮して暴れ、肩にまで上ってきた。

「ちょっ、危ない……と、とにかく話を聞かせてください」

雄大は最近、七時に起きて朝食前に一時間ほどローズの散歩に出かける。

夕方にはポポとワタゲも一緒に散歩するが、朝の散歩は走るのが大好きなローズのペースだから、ポポとワタゲは速すぎてついていけないのでお留守番をしている。

まずは真治をリビングへ通し、話を聞かせてもらうことにした。

渚や真治が狼狽《うろた》えていては、ポポが落ち着かない。ワタゲも緊迫した空気を察してかソファの陰に隠れているのがかわいそうで、犬たちにはおやつをやって落ち着かせ、ケージの中に入れた。

真治には熱いコーヒーを淹《い》れ、まずは落ち着いて話せる雰囲気を作る。

「それで、雄大さんが盗作したなんて嘘がどうして流れちゃったんです？　フェイクニュースとか？」

渚はさほどネットの噂に興味はないが、アクセス稼《かせ》ぎのために嘘でもセンセーショナルなニュースを流すサイトがあるのは知っている。

そういった悪質な人に雄大がはめられたのかと思ったけれど、事態はもっと深刻だ、と真治は噂の元になった画像をタブレット端末で見せてくれた。

「ボスがこの前作った中吉《なかよし》ツインタワーのポスターがこれ。で、こっちが六年前にフランスで開催された日本食のイベントのポスター」

「これは……」

画面には『検証用』と書かれた二つのポスターが並んでいたが、見比べて絶句する。

二枚のポスターは、同じデザイナーが作ったとしか思えないほどよく似ていた。

猫のイラストの特徴からどちらも雄大の作品に見えたが、片方は森長吾郎《もりながごろう》というデザイン界では有名なベテランデザイナーの作品だという。

パクリ元とされているのは、フランスで日本食を宣伝するために行われたイベントのポスター。フランス国旗の青・白・赤のカラーをした三毛猫《みけねこ》がエッフェル塔をバックに座り、周りには寿司や天ぷら、丼物など定番の日本食の写真がちりばめられている。

パクったとされている雄大のものは、中吉市にあるツインタワーの右の棟には柴犬《しばいぬ》、左の棟にはトラ猫が座っている『中吉ツインタワー二〇周年記念イベント』のポスター。

その左の棟と猫の部分が、森長のパクリだと言われているそうだ。

胸を張ったおすましポーズで座った猫なんて珍しいものではないが、筆で描いたかすれた感じと大きな切れ長の目に針のように細くなった瞳孔《どうこう》の猫は特徴的で、偶然一致するとは思えない。おまけに、背景にデフォルメされた建造物が配置されているところまで似ている。

「確かに、似てはいますけど……雄大さんって元々こういう感じの絵を描かれますよね？」

ドッグカフェの看板を改めてしげしげと見たが、そこに描かれたポポとワタゲのイラストもこんな雰囲気だ。

相手の方が雄大の絵を真似たのではと思ったが、真治は力なく首を振る。

「ボスのイラストを使ったんじゃないかって擁護も出てるけど、俺が知る限りボスは人に頼まれてイラストを描くことはないし……。とにかく発表されたのは向こうの方が六年も前だから、ボスの方が分《ぶ》が悪い」

デザイナーがイラストを購入してデザインに使うのはよくあることだし、雄大も真治に頼んで描いてもらうことがある。

しかし大御所の森長が、六年前にはまだ無名だった雄大のイラストを使ったり真似るなんてあり得ないから雄大の方が真似たのだろう、というのが世間の見方だそうだ。

だがこの猫の絵の特徴は、明らかに雄大のもの。

それを分かっている人は、雄大の擁護に回ってくれているらしい。

顔も見えない知らない人でも、雄大の味方をしてくれる人がいるのはありがたい。

けれどネットの書き込みを見てみると『雄大がパクった説』の方が優勢だ。

『恥知らず』だの『エセデザイナー』だの、ひどい言葉でののしっている書き込みもあり、胸がぎゅうっと絞られたみたいに苦しくなる。

こんなものを雄大には見せたくない。

真治が騒ぎになっているのに気づいたのは、夜中の二時過ぎ。アーティスト系のサイトで話題に上がっているのを見つけたそうだ。それで慌てて雄大にも連絡を取ろうとしたが、雄大は寝る際にはマナーモードにして対応をしない。

仕方なく真治はそこから一人で寝ずに情報を集めていたが、明け方になって睡魔に襲われて寝落ちし、目が覚めてから慌てて駆けつけたそうだ。

真治が確認したところに寄ると、最初にこの二作が似ていると『パクリ検証サイト』に画像がアップされたのが、昨夜の十時頃。

『パクリ検証サイト』とは、その名の通り似た作品が盗作かどうか検証するサイトで、管理人ではなくそこを見ている人たちがみんなで検証をするのだそうだ。

結果、トレースしてそっくりに描いたトレパクというわけではないが、パクリ元を横に置いて見ながら描いたレベルにパクっていると判断をされた。

そこからあっという間に話題は拡散され、十二時頃には『青山《あおやま》雄大が森長吾郎を盗作した』という検証結果がSNSで広まりだしたそうだ。

「ボスがサイトやらブログをやってなくてよかったっすよ」

コメントを受け付けるSNSをやっていたら、今頃誹謗《ひぼう》中傷のメッセージが山と届いていただろうとため息を吐く。

雄大も駆け出しの仕事がなかった時代はサイトを作って仕事を募集していたそうだが、断るほど仕事が来るようになってからは管理できないと閉鎖していた。

被害者とされている森長の方は複数のSNSをやっていて、そのどれもに「盗作されている」と報告をするコメントがされていた。

しかし向こうも対応を考え中なのか、今のところコメントに対しての返信も記事の更新も何もない。

「――ん？　帰ってきた？」

雄大が散歩に出てから、まだ二十分ほどしか経っていない。しかしそれまで大人しく座っていたポポとワタゲが、すくっと立ち上がりケージの中をうろつきだした。

雄大とローズが帰ってきた気配を察知したのだ。

「おかえりなさい！　雄大さん。あの――」

「おう。真治、来てたのか。杉本《すぎもと》さんも来るってさ」

雄大は、慌てて玄関先に迎えに出た渚と真治の姿を見ても落ち着いたもので、どうやら真治がやって来た理由を分かっているようだ。

散歩の途中で杉本から電話を受けてパクリ騒動を知り、戻ってきたという。

雄大がSNSをやっていないせいで、雄大の仕事先へ正義感を振りかざして攻撃をする輩《やから》が現れたようだ。

パクったとされるポスターの仕事は、杉本の勧めるレインボークリエイティブを介して受けたものだったので、杉本も慌てて対応に出たのだろう。

「渚ちゃん。朝早くから悪いけど、コーヒー用意してくれる？」

「はい！」

コーヒーだけでは寂しいだろう、と買い置きのクッキーなども用意していると、杉本がやって来た。

杉本は出勤前のメールチェックでこの騒ぎを知ったそうで、会社には寄らず直接こちらへ来たそうだ。それでもいつもどおりのきっちりメイクに感心する。

「青山さんは、以前にこの森長先生のポスターをご覧になったことはないんですか？」

「海外イベントのポスターだろ？　さすがに、そこまでチェックはしてねえわ」

「でも見ていないと証明することはできないですよね……。パクってないと証明できなければ、疑いは晴れませんよ」

「そんなの悪魔の証明だろ。やってないことの証明なんて、どうやってすりゃいいんだよ」

人を悪魔呼ばわりするなら悪魔だと決めつけた根拠を示すべきで、悪魔と呼ばれた人が『悪魔ではない証拠』を出すなんて実質不可能だ。

それをやれとは、会社から責められることになる杉本の苦しい立場も分かるが無茶振りが過ぎる。

しかし杉本は、事の真偽より『早期解決』『事態の沈静化』を優先したいようだ。

「とにかく、故意ではなくても後発のデザインが似ていれば、後の方がパクリと疑われても仕方がないです。ここは事態の早期収束のため、似てしまったことについてだけでも、とにかく謝罪をしていただけませんか？」

「雄大さんは何も悪いことをしていないのに？」

「……最近はスポンサーとかあちこちにトツる奴がいるんすよ」

世の中には、悪い奴を成敗するためという名目で、ちょっと繋《つな》がりがあるだけの人や企業まで攻撃をする人たちがいる。そういった被害を最小限に食い止めるには、早く炎上を鎮火させなければならないと真治が事情を説明してくれたが、納得できない。

無実の雄大が謝らなければならないなんてひどい話だが、世の中には納得のいかないことがまかり通ることもある。

分かっていても悔しい。それなのに渚にできることは何もないなんて。自分の非力さに歯噛みしてしまう。

「騒ぎを収めるための謝罪……戦略的撤退、か。だが断る」

無力さにただ唇を噛んで雄大を見つめていると、俯《うつむ》いて考え込んでいた雄大が顔を上げ、きっぱり言い切った。

意外な答えに、杉本は狼狽えて雄大に詰め寄る。

「なっ……これは、青山さんのためでもあるんですよ？　私は、あなたのためを思って

「――」

「パクってねえのに口先だけの謝罪をするなんて、ありえん」

依頼人への態度としては大問題なのだろうけれど、自信満々に「パクっていない」と言い切られて嬉しくなる。

だが杉本の立場ではそれではすませられないのだろう。険しい表情を浮かべる。

「謝罪をしていただけないのなら、こちらとしては今後のお付き合いを考えさせていただくことになりますが」

「……そうか」

軽くため息交じりに呟《つぶや》き、それきり何も言わない雄大に、これ以上話をしても無駄と思ったのか、杉本は社で対応を考えますと出て行った。

杉本を見送った真治が、力なくぽつりと呟く。

「これ、ヤバい状況ですよぉ……」

「どれくらいヤバい？」

「護衛艦撃沈。左舷《さげん》カタパルト被弾。弾幕薄いよ、何やってんの？　ってとこでしょうか」

「ふむ。防御力ゼロで攻撃力30％ダウンってとこか」

何やら渚には分からない比喩だったが雄大には通じたようで、そりゃヤバいねぇと呟く。

雄大が大変なこの状況に、自分ができることと言えば――。

「とりあえず、朝食にしましょう」

「渚さん、そんなのんきな――う……」

朝食と聞いて胃が反応したのか、真治のお腹がぐうっと鳴った。

腹が減っては戦《いくさ》ができぬ、ととにかく朝食を食べながらこれからの対策を練ることにした。

おかかと梅干しと昆布のおにぎりを握り、豆腐の味噌汁《みそしる》とネギ入りの玉子焼きを作る。

「雄大さん……ちゃんと食べてくださいね」

「心配かけて、すまんな」

「いえ。雄大さんのせいじゃないですから」

「信じてる」なんて言葉は、言うまでもない。普段の雄大の仕事に対する姿勢を見ていれば、雄大が他人のデザインを盗作するなんてあり得ないのだから。

でもそれを他の人に示す根拠がなければ、冤罪《えんざい》は晴らせない。

「僕にも何かできることはないでしょうか？」

「そうだな……デザイナーじゃない客観的な目でこの二枚のポスターを見て、どう思う？」

検証用に並んだ二枚のポスターを見比べて、冷静に考え込む。

「確かに猫のイラストは似てますけど……そもそも、このパリのイベントに猫って関係あるんですか？」

中吉ツインタワーは1号棟に犬の銅像、2号棟には猫の銅像があることから、それぞれ『ワンコ棟』『ニャンコ棟』と呼ばれているので、雄大は犬と猫のイラストを配した。ただの思いつきではなく、意味があって犬と猫を描いたと説明できる。『意味のない物は配置しない』という雄大のいつもの主張と一致する。

それに比べて森長の方は、何故『日本食』のイベントで猫が描かれているのか、よく分からない。

「ただ、三毛猫と三色旗をかけたのはおもしろいっすよね」

フランス国旗の三色を三毛猫に使うアイデアはいい、と褒める真治の言葉が渚の記憶を揺さぶったのか、ふと思い出す。

「三色旗カラーの三毛猫のイラスト……この家のどこかで見た気がします」

「どこで見たんです？　思い出して！」

「えっと……ファイルを整理している最中にちらっと見ただけ……のような？」

興奮して前のめりになる真治につられて渚の脳もフル回転を始め、膨大な資料のファイルのどこで見たのかをたぐり寄せる。

「……寝室の本棚です！　整理中に古い洋書風にしてあったファイルがあって、おもしろい装丁だったので中を見たんです」

「洋書風のファイルってーと、俺が学生の時に作ったポートフォリオだな。あん中にそんなのあったかなあ」

作った本人に言われて不安になるが、そもそもポートフォリオとは何だろうと首をかしげる渚に、真治が説明をしてくれた。

「過去に自分が作った作品の写真をまとめたファイルです。クライアントに自己アピールする時に使ったりする、まあデザイナーにとっての履歴書みたいなもんっすね」

就職活動や仕事を取りに行く際に持参して「今までこういう作品を作ってきました」とアピールするためのものだそうだ。

その存在すら忘れていた雄大は頼りにならないので、真治と二人で寝室の本棚からポートフォリオを探す。

「学生時代の作品集ってことは、六年以上前の作品ばかりってことですよね？」

「うん。その中にあったとしたら、こっちが先って証明できる……っと、これかな？」

他の市販のファイルと違い、ポートフォリオは背表紙も革風で金色の装丁が施されていたのですぐに見つかった。

その場で開いて中を確認すると、目的のイラストは確かに存在した。

「あった！　これっすね！」

「そう！　これです。三色旗はイタリアの国旗、建物はピサの斜塔だったんだ」

イタリアの三色旗にちなんで緑、白、赤の三色を使って描かれた三毛猫が、ピサの斜塔をバックに座っている。

色使いも建物も、国が違っているだけで国旗のカラーと有名な建造物を使った発想は同じ。

「こら、完全に一致だな……」

「まるっきり、同じ発想ですね。これを向こうの人が真似したんですよ！」

ここまで同じだと、デザインに詳しくない渚にだって偶然の一致ではないと分かる。

ポートフォリオに貼り付けられていた作品の写真は、どうやらポスターのようで壁に貼られた状態で撮影されていた。

この作品は、イタリアに関する何かを宣伝するポスターだったようだ。

「えーっと、ボスが三年生の時の作品ってことは、七年前！　確実にこっちが先！」

よっしゃー！　と雄叫《おたけ》びを上げた真治だったが、すぐに俯いて考え込む。

「……だけど、この写真だけじゃ弱いな」

後から作ったでっち上げのポートフォリオだと言われかねない。これが本当に七年前の作品だと証明できるものがほしい。

作品を見ればさすがの雄大も何か思い出すはず、と本人にポートフォリオを突きつける。

「ボス、この作品のこと、本当に覚えてないんすか？」

「……おまえは今までデザインした作品の数を覚えているのか？」

「数は覚えてませんけど、どんなデザインをしたかくらいはうっすら覚えてますよ」

「うーん……覚えてない。表に出したデザインは絶対に覚えてるから、これは没《ぼっ》くらったんだろうな……」

「あー、そりゃ忘れたいっすね」

自分の作品が採用されなかったときの悲しみはよく分かるのだろう。真治は深く頷《うなず》く。

しかしここは悲しみを乗り越え、いつどんな形で没になったかを思いだしてもらわなければ。

渚と真治が見守るなか、腕を組んでしばし考え込んだ雄大が、ぱっと顔を上げた。

「そーだ！　落選したから忘れたんだわ」

「落選って、どっかのコンテストに出したんすか？」

「そうそう。……確か……ああ、イタリアン・パークのイベント企画に応募したんだ」

企業が行ったイベント用ポスターの一般公募に、学校の実習で応募したという。

応募作品はコンペティションと呼ばれる競技会で審査をされ、残念ながら雄大の作品は落選したそうだ。

「んで、ぱーっと飲んで騒いで忘れて『次ぎ行ってみよーう！』ってことで」

「……で、本当に忘れたんですね」

それで嫌なことは片っ端から忘れる主義の雄大の記憶から消去されていた『落選』の記憶を、ゴミ箱から引っ張り出したようだ。

「くっそーっ、せっかく忘れてたのにーっ」

嫌なことを思い出した、とまさにゴミ箱に手を突っ込んだみたいに顔をゆがめる雄大が気の毒になったが、真治はいい性格をしてるとため息を吐く。

「なりたくはないけど、うらやましい性格っすねー」

「嫌なもの、きたないものは、脳内から除去すべし、排除すべし！　俺は、優しくてきれいで可愛いものだけで脳内を満たしたいんだ」

呆れかえる真治を、感心していると勘違いしたのか胸を張って熱烈に主張する雄大を、思わず笑顔で見つめれば、何故かじーっと見つめ返され渚の心臓はどきんと大きく跳ねた。

誰だって優しくてきれいなものが好きだろう？　と同意を求めて見られただけ。この視線に意味はない。

そう気持ちを落ち着けて、疑惑払拭の手立てを考えるのに集中する。

「まずは、そのイタリアン・パークに問い合わせますか？」

「待って。イタリアン・パークって、確か何年か前に閉鎖されたってニュースで見たっすよ」

「マジか？　あそこ結構きれいなとこだったのに」

イタリアン・パークでネット検索してみると、イタリアの町並みを再現して水路を遊覧するゴンドラや、ミニサイズのピサの斜塔があるテーマパークだった。

チケット売り場近くに住み着いた三毛猫がパークのマスコットキャラクターとして起用されていたそうだから、雄大が三毛猫を描いた理由も分かった。

手軽にイタリア旅行気分を味わえるスポットとしてそれなりに流行《はや》っていたが、経営会社が他の事業で失敗して倒産し、そのあおりを食らって二年前に閉鎖されたそうだ。

作品の募集をした会社がもう存在しないのなら、そこに問い合わせることはできない。

渚は絶望的な気分になったけれど、真治は大学が主導して応募したなら大学に資料が残っているはずと言う。

「それなら、雄大さんの母校に問い合わせればいいんですね。雄大さんの母校って？」

「多賀美《たがび》の総合デザイン科。そこに問い合わせれば何か分かるはず。つーか、学校に問い合わせるより、当時の先生に連絡取った方が話が早いかもな」

雄大は私立の美術大学としては有名な、多賀野《たがの》美術大学というところの出身だそうだ。

「講師の名前は？」

「んー、ヤマコウ先生って呼んでたから、山田《やまだ》、宏一《こういち》？　いや、山本《やまもと》！　山本宏一だ」

雄大の母校のサイトで総合デザイン科の講師の名前を調べて照らし合わせると、山本宏一は今も在籍していることが確認できた。

元教え子が盗作の疑いをかけられているとなれば、解決に力を貸してくれるはず。

まずは山本が個人で運営しているブログから連絡をくれるようメッセージを送ると、二十分ほどで返信があった。

山本は雄大が盗作疑惑をかけられている問題をまだ知らなかったようだが、そんなことはあり得ないので協力すると申し出てくれた。

やはり雄大の作品にかける情熱を知っている人なら、雄大が盗作などするはずがないと分かってくれるようで、もやもやとした胸の黒雲がすうっと晴れていくみたいな心地がした。

ここから先の展開は、驚くほどスムーズで速かった。

大学にも記録や資料が残っていて、『三色旗カラーの猫とその国の代表的建造物の組み合わせ』は雄大が森長より先にデザインしていたと証明できた。

そして決定的な証拠として、イタリアン・パークのポスター公募の審査委員長が森長吾郎であったことが判明したのだ。

森長が、まだ学生で無名だった雄大のポスターを没にして闇に葬り、そのデザインを自分のものとして使ったとしか思えない。

このことについて問い合わせたくて森長に連絡を取ろうとしたが、森長が所長を務めるデザイン事務所に電話をかけても「所長は留守でコメントできる者もいない」と話にならず。森長個人のメールアドレスにメールをしても、返信はなかった。

しかしこうしている間にも、ネット上では『青山雄大が盗作をした』という間違った情報は広まっていく。

話し合いはできなくとも、とにかく雄大の冤罪は早急に晴らさなければならない。

そこで、大学とレインボークリエイティブのサイトの両方に、雄大が学生時代に公募に出したポスターをアップし、その公募の審査委員長が森長であったという調査で判明した事実だけを憶測は挟まず淡々と公表した。

それだけで、事態が動くには十分だった。

今まで被害者として同情を集めていた森長が、ネット上でいっせいに叩かれ出したのだ。地位を利用して学生の作品を盗作するなんて、悪質きわまりないのだから非難されて当然だが、ここまで手のひらを返すかと感心するほど立場が逆転した。

森長は逃げ回って話し合いができないので、普段お世話になっている弁護士に対応を頼み、ネット上の誹謗中傷していた中には雄大に危害を加えるという犯行予告もあったので、そちらは警察に通報した。

ここまで来るのに、盗作だと騒がれ出してから僅《わず》か三日間だった。

振り返れば一瞬だったが、山本からの連絡を待つ間や、ネットに正しい情報が更新されないか待っていた時間はやたらと長く感じ、胃がちりちりと焼けるような不快感に苛《さいな》まれた。

「いやー、この炎上から鎮火の流れ、パクリ騒動の中では最速なんじゃないすか？」

いい仕事しちゃったなー、と自画自賛する真治に完全同意する。渚と雄大だけだったらどうなっていたことか。

「真治さんがいてくれて、本当に助かりました」

「ホントに。俺がいなきゃどうなっていたことか」

パクリ扱いして誹謗中傷してた奴らは土下座して謝れ！　と息巻く真治に対して、椅子に腰掛けた雄大は、自分の膝に頭を置いて座っているローズをなでる。

「ああ、そんなこともあったなあ」

「忘却の彼方《かなた》が……近すぎっす」

「ま、嫌なことを覚えてたって仕方あるまい？」

すでに遠く過ぎ去った出来事を回想しているかのような雄大に、真治はがっくりと項垂《うなだ》れる。

「そりゃそうですけど……」

「おまえらが俺のために戦ってくれたことは、ちゃんと覚えてるから。ありがとな」

「んもーっ、この人誑《ひとたら》し！」

嫌なことは忘れても、大事なことは忘れない。珍しくきりっとした表情で礼を言う雄大に、不満げだった真治は渋面を止めて苦笑いした。


二日間泊まり込んでくれていた真治が帰り、ばたついた雰囲気にどこか落ち着かない様子だった犬たちもリラックスして寝そべっている姿を見ると、いつもの日常が帰ってきたのだとしみじみ感じた。

まだ細々した事後処理は残っているが、ひと息くらいついてもいいだろう。

ルイボスティーを淹れ、二人並んでリビングのソファに座れば犬たちも寄ってくる。

「おまえたちにも心配かけたな」

雄大は膝に乗っかるローズの顔を両手で挟み込み、むにむにともみくちゃにする。

「頼りになるアシスタントに、美味《おい》しいごはんを作ってくれる渚ちゃん。それに可愛いワンコたちまでいて、俺はホントに幸せもんだわ」

穏やかな空気に満ちたリビングは、心をほっこりと和《なご》ませてくれる。ここにいられる、それだけで幸せだと思えた。

「僕もです。ここで……ドッグカフェのお仕事ができて、幸せで……感謝してます」

「世話好きだな。俺の相手って、はっきり言って面倒くさくねえ？」

「まさか。カフェのマスターとして雇っていただいたのに、余計なことをしすぎて鬱陶《うっとう》しがられていないかと思ってたくらいです」

「今回の件が解決したのも、渚ちゃんがポートフォリオの存在に気づいてくれたからだし」

「それは……たまたま覚えていただけで」

「俺自体が忘れてたような作品までしっかり見て覚えててくれて、すっげー嬉しかった」

「だって、僕は雄大さんのデザインが好きですから！」

「えー、デザインだけ？　好きなのは」

いつもの、何かを期待しているみたいな雄大の眼差しに、どきんと大きく心臓が脈打つ。

見つめられれば見つめられるほど、鼓動が速くなっていくようで、何か答えなければと焦るほど言葉が出なくなる。必死になって思いつくまま言葉を連ねる。

「えと……他には、他にも……い、犬好きで、優しいところも好きですよ。それから、僕の料理を美味しいって食べてくれるところも。それから……ええっと……」

「んー？　何？　渚ちゃん、俺のことすっごい好きじゃない？」

嬉しそうに目を細め、ずいっと顔を近づけてくる雄大に、もはや心臓の鼓動は全力疾走したとき並みにばくばくと早鐘を打つ。

「す、好きって……それは……その、あっ！　杉本さん、いらしたみたいですね！　ポポたちをケージにお願いします」

来客を告げる玄関チャイムの音に、救われた気がする。

午後から杉本が来る予定になっていたのだ。

雄大に犬たちをケージに入れてくれるよう頼み、渚は玄関へと急いだ。

杉本は今日は一人ではなく、上司の岸根《きしね》というスーツ姿で四十代後半ほどの口ひげを生やした男性と共にやって来た。

「私の独断で青山さんに謝罪を迫ってしまい、本当に申し訳ございませんでした」

リビングに通すなり、杉本は雄大に向かって深々と頭を下げる。

最初に間違った対応をしたことを謝罪に来たのだ。

いつも完璧《かんぺき》なメイクの青山も、今日ばかりは目の下にクマができている。頭を下げたままの杉本の後ろで、岸根も頭を下げる。

「杉本はこういった事態に対して経験不足で……とんでもない対応をしてしまって、大変失礼をいたしました。今後は、青山先生のお仕事は私が担当させていただきますので」

「いや。別にそこまでしてもらわなくても。杉本さんだって事態を収めたくて提案しただけで、謝罪も強要されたってほどじゃないし」

「いいえ。私のしたことは、デザイナーに対して絶対にしてはいけないことでした」

かばおうとする雄大を遮り、いったん顔を上げた杉本は再び頭を下げる。

あのときは、とにかく事態を沈静化させることにしか頭が回らなかったが、同じデザイナーとして盗作を疑われることがどれほど屈辱的なことか、冷静になってみて気づいたのだろう。

深刻な空気に、コーヒーを淹れたはいいがお出しするタイミングがつかめない。

キッチンで立ち尽くす渚の前で、杉本はひたすら謝り続け、雄大の担当から外れることになった。

結局、コーヒーは出しそびれたが、帰る前に杉本は渚にも挨拶をしたいとキッチンへ来てくれた。

「これまで美味しいコーヒーやお茶を淹れてくれて、ありがとうね」

「そんな。……また、いらしてくださいね」

仕事の担当を外されたのなら、プライベートで来るしかない。定番の社交辞令として口にした言葉が、妙にざらざらとして砂を噛んだみたいな不快感をもたらす。

どうしてそんな気分になるのか分からないまま、それでも何とか笑みを浮かべる渚に、杉本は少し顔を寄せて声をひそめる。

雄大は何やら岸根と話しているので、こちらの会話は聞こえないはず。

それでも、雄大がちらちらとこちらに視線をやるので念のためだろう。

「ダメ元で、青山さんに気持ちだけは伝えてみようかな、とか思うんだけど……どうかな？」

「気持ちを、伝えるって……」

「青山さんが好きって告白しようかなって」

やらなかった後悔はやって失敗したときの後悔より強いと言われているから、砕けるにしても当たってみたいという。

——この人は、雄大さんに「好きだ」と伝える権利を持っている。

その権利を、雄大の恋愛対象ではない同性の自分は持っていない。

女性らしい柔らかなフォルムの身体に、デザイナーとして雄大と意見も交わせられる杉本がひどくうらやましくて、口の中のざらついた不快感が強さを増した気がした。

「渚くんから見て、青山さんは私のことどう思ってる感じ？」

「そうですね……仕事のパートナーとして、とても信頼していらっしゃいました」

「ああっ、信頼かー」

それはダメだわと俯いた杉本は、頰にかかったさらさらの髪をくしゃりと摑《つか》む。その指先には、優しい桜模様のネイルアートが施されている。

料理はできないと言っていたが、この美しい爪《つめ》や髪なら十分に男心を惹《ひ》けるだろう。

――こんな女性なら、僕みたいに必死に家事をしなくても愛されるんだろうな。

実際はどうか分からないのに、想像だけで人をうらやんでしまう。自分の心の薄汚い部分が嫌になって、強く唇を噛みしめる。

自分に嫌気がさして眉間《みけん》にしわが寄ったのだが、杉本は渚の表情から失敗を予見していると思ったのだろう。力なく微笑む。

「その信頼をなくしちゃったら……駄目よねえ」

「だ、駄目ってことは！」

「青山さんのこと、もっと信じていればよかった。私の気持ちってその程度だったんだわ」

事の真相より、世間体を優先した。雄大を疑った。そんな自分は雄大にふさわしくないと思ったようだ。

未練を振り切るように顔を上げた杉本の表情は、陰りの中にもさばさばとした吹っ切れたものを感じた。

「相談に乗ってくれてありがとう。自慢だけど、これまで振られたことないから振られるのは怖かったんだよね」

自信家の輝きを取り戻した瞳で微笑む杉本は、やっぱりきれいで雄大とお似合いだと思う。

だけど、杉本と雄大が付き合うことにならなくてよかったと安堵《あんど》してもいる。

微笑んで去って行く杉本を、渚は複雑な気持ちのまま頭を下げて見送った。

◆

「……ん」

眠りの中で、頬に柔らかな何かが触れたのを感じる。

――ワタゲ？　……違う。ローズかぁ。

続いてべろんっと襲ってきた温かくて湿った感覚に、ローズの大きな舌で舐《な》められていると気づいて目を開ければ、視界いっぱいにローズのドアップがあって頬が緩む。

が、一瞬後には正気に戻る。

「えっ？　ローズ！」

雄大が犬たちを連れて夕方の散歩へ出ている間、夕飯作りの前にちょっと一休みのつもりでソファに寝転んだはずだったのに、今ローズがここにいるということは散歩から帰ってきたということ。

一時間近く寝てしまったなんて失態に、さあっと血の気《け》が引くのを感じた。

「あー、もう、ローズ。起こしてどーすんだよ」

ローズのすぐ横には雄大もしゃがみ込んでいて、一人と一匹にだらしなく昼寝をしていたのを見られていたことに慌てまくってしまう。

「す、すみません！　すぐに夕飯の用意をしますね！」

「いいって。何か、ちょっと渚ちゃん熱っぽいぞ」

「熱っぽいって、そんなこと——」

「ありますー」

急いで起き上がろうとしたところをおでこに手を当てられ、再びソファに寝かされる。

「ほら、絶対熱あるって」

ローズに舐められるより先に触れたのは、雄大の指先だったようだ。雄大の大きな手のひらで頬をなでられ、その冷たさを心地よく感じた。

——気持ちいい。もっとなでていてほしい。

思わずぼけっと惚《ほう》けた顔をしてしまった。心配したのにボケ顔をされて驚いたのか、雄大ののど仏がゴクッと大きく動く。

「あー……やっぱ、調子悪そうだから、寝てろ。うん」

「ちょっと寝ぼけてるだけで、大丈夫です」

「俺のパクリ騒ぎで神経すり減らして、疲れたんだろ」

「そんなことないです。最近、またちょっと寒くなったから——」

もう話さなくていいという風に、唇に人差し指を当てられて面食らう。続いて、真顔の雄大に見つめられ、息が止まりそうになる。

「心配かけて悪かった」

「そ、そんなっ、あれは雄大さんのせいじゃないんですから、気にしないでください」

「気にするし、責任取って看病してやる！　何してほしい？」

「看病なんて大げさな」

「俺が、何かしてぇんだよ！　渚ちゃんや真治が俺の疑いを晴らそうとしてくれて嬉しかった。だから、今度は俺が渚ちゃんのために何かする番だ」

無実の罪を晴らすなんて当たり前のことだし、当事者の雄大の方がずっと心身共に消耗したはずなのに。

だが雄大は、不安はあってもそれ以上に安心できることがあったからと微笑む。

「人気商売ってのは、売れなくなったら手のひら返しされるって分かってたから、どんな仕事も手を抜かず一所懸命やってきた。それでも……あんな風に冤罪で仕事先から切られる可能性もあるんだと思うと、怖くなった。けど、渚ちゃんが……渚ちゃんと真治が信じてくれたから乗り切れた。ホントに感謝してる」

「だって、あんなにデザイン大好きで真面目な雄大さんが人のデザインを盗むなんて、あり得ませんから」

冤罪は本人の注意だけで防げるものではないし、雄大は少しも悪くない。

きっぱり言い切れば、雄大はにぱっと嬉しげに笑う。

「そーやって、がっつり信じてくれるのが嬉しいのよ」

がんばっていたことを認めて信じてくれた人の存在がありがたかったと言われ、当たり前のことをしただけなのに大げさだと恐縮する。

それでも止《や》まない雄大の「何かしてやる」攻撃に負け、夕飯を作ってもらうことになった。

しかし、普段料理をしない人に頼める料理はそうない。

家にあるあり合わせの食材で何ができるか見てみると、白菜に豆腐に椎茸《しいたけ》に鶏肉などがあったので、切って煮るだけの水炊きにすることにした。

だが渚は、普段料理をしない人のスキルを舐めていたと思い知ることになった。

白菜は三センチほどのざく切りにと言えば定規で長さを測りだすし、豆腐は手のひらの上で切れると言ったら「そんな怖いことできるか！」とビビられる。

結局、渚がすぐ横について指導しながらの調理になった。

「包丁の重さで押し切る感じで、力を入れなければ手は切れませんから」

「こんなんでホントに下まで切れてんの？」

「大丈夫。上手ですよ」

これじゃあ自分でする方がずっと速くてきれいにできると思ったけれど、してくれる気持ちが嬉しい。

調理台の前に並んで立って手元を見ながら指導すれば、自然と距離は近くなる。

普段から一緒に雑魚寝《ざこね》していているけれど、大抵間に犬がいるから意識しないでいられた。

だけど犬たちは入れないようケージを閉じたキッチンで、二人並んで調理をしていると何だか新婚さんみたいだなんて浮かれた気持ちになり、軽く肩が触れるだけでどきどきする。

——この距離が、幸せの限界。

これ以上は近づけない。だけど、ここまでなら近づける。

このぎりぎりの距離に、いつまでいられるんだろう。

幸せなときにも、その幸せを喜ぶより終わる日のことを想像してしまう。マイナス思考が骨まで染みついている自分が嫌になる。

そっとため息を漏らせば、雄大にずいっと顔を近づけられる。

「やっぱしんどいのか？　顔、赤いぞ」

「えっ？　あ……」

熱が上がってきたんじゃないか、とおでこをくっつけられて目を見開いてしまう。

「んー、熱は上がってない、かな？」

両手が豆腐と包丁でふさがっているからおでこで熱を確かめられただけ、と自分に言い聞かせて平静を保とうとしたが無理。不自然に肩で息をしてしまう。

「いえ、あの……湯気の熱気のせい、かと」

「おっ、もう鍋沸いたか」

出汁《だし》を取るべく、先に鍋に昆布を入れて電気鍋のスイッチを入れていた。その熱で部屋の温度が上がったせいだろうと苦しい言い訳をして、鍋を見にいくふりで雄大の側《そば》を離れた。

沸騰した鍋でまずは鶏肉を茹《ゆ》で、いい匂《にお》いにつられてテーブルの周りをうろちょろする三匹に、少しだけお裾《すそ》分《わ》けとして鶏肉を取り分けてやる。

適度に冷ましてからいつものドッグフードにトッピングしてやると、ポポは上の鶏肉だけ平らげ、少し離れた場所のワタゲのエサ皿を覗きに行く。

「こーら、ポポ。自分のごはんを食べなさい」

めっと叱ったポポを抱き上げて自分のエサ皿の前に下ろせば、渋々といった感じでだが残りのフードを食べ出す。盗《と》られるのではとちょっと緊張気味だったワタゲも、落ち着いて食事をし出す。

ローズは我関せずで、普段と同じ調子ではぐはぐとお利口に食べていた。

ワンコたちは食事しているだけなのだが、いつまででも見ていられるほど可愛い。

床にしゃがみ込んでワンコたちの食事をぼーっと眺めている間に、雄大がかいがいしく鍋に野菜を入れたり取り皿やポン酢を出したりと準備を進める。

「あ、すみません！　手伝います」

「いいからいいから。渚ちゃんは鍋の煮え具合でも見てて」

正気に返って手伝おうとしたが、雄大は座ってろと椅子を引いてくれた。

ぐつぐつ煮える鍋の中、だんだん透明になっていく白菜を眺めながら食べ頃を待つ時間は何だか気分を穏やかにしてくれる。

「……あの騒動で杉本さんが来なくなったの、寂しいか？」

「え？　杉本さん？」

流し台の片付けを終えてテーブルに着いた雄大から突然出てきた杉本の名前に驚いて、ぼんやりしていた意識が覚醒する。

突然何の話だろうと見つめる渚に、雄大は言いにくそうに首筋をかきながらぼそぼそと訊ねてくる。

「何か、彼女の帰り際に二人で話し込んでただろ？　もしかして……好きとか言われた？」

「えっ？　それ……聞こえてたんですか？」

杉本から雄大へ「好きです」と告白するべきか相談されたとき、ちらちらこちらを見ていた雄大は、二人の会話を聞いていたのか。——と、思ったが、そうではなかったようだ。

「やっぱ告白されたんだー」

「え？　『されたんだ』って？　え？」

「『え？』って？」

噛み合わない会話に、互いに頭上にクエスチョンマークを飛ばしながら見つめ合う。

「渚ちゃん、杉本さんと仲良かっただろ？　よく二人で話し込んでたし。付き合うつもりなのかなーなんて、思ったりなんかしちゃったんだけど」

「いえ！　違います！　ただ、その……料理、とか、お茶の淹れ方とかを訊かれてただけで」

「そうなの？　何か深刻そうだったから、てっきり告白でもされたかと思ってた」

渚が、好きな杉本が来なくなったことで落ち込んでいるのでは、と心配をしたようだ。誤解を解きたいがどう言えばいいものか。

「あの日も……リンゴのローズティーが好きだから、淹れ方を教えてほしいって言われて」

「あーあ、好きな紅茶の入れ方を訊《き》かれてただけ？　そっかー」

心底ほっとした様子で大きく息を吐き出す雄大は、もしかしたら好き合っている二人を引き離すことをしたのではと気に病んでいたのかもしれない。

誤解を解きたい気持ちはあるが、杉本本人が気持ちを伝えないと結論を出したのに、渚から「実は杉本さんはあなたのこと好きだったんです」とは言えない。——なんて正論で自分の気持ちをごまかす。

本当は、杉本に雄大を取られたくなかったから「好きです」と言ってほしくなかった。

自分が言えない言葉を口にできる杉本のことが、うらやましくて、ねたましくて。

雄大を自分のものにはできないと分かっていても、他の誰かのものにしたくない。

ひどい奴だと自分で自分に腹が立つ。

けれど、雄大は杉本が渚を好きだったのでは、なんてとんちんかんな勘違いをするくらいだから、杉本に恋愛感情を持っていなかったのだろう。告白して付き合いを断られていたら杉本は傷ついたかもしれないから、これでよかったんだと気持ちを落ち着ける。

そうこうしている間に食材がほどよく煮えたので、二人で鍋をつつくことにした。

雄大がこわごわ切った豆腐を、はふはふといただく。ふと顔を上げれば、じーっと渚の顔を見ている雄大に気づいて、にっこり微笑む。

「美味しいです。とっても」

鍋の出来が気になっているのだろう、と感想を述べれば雄大は満面の笑みを浮かべる。

「そうか？　俺ってば料理の才能もあったのか！」

ポン酢は市販品だし、雄大は食材を切っただけなのだが、「俺ってば、やればできる子なんだー」なんて得意げな雄大を見ているのは楽しい。

それに料理を覚えれば、自分でも何か作って食べようという気になるかもしれない。

「ホットケーキの焼き方も教えましょうか？」

「いや。それはいい。渚ちゃんのが食いたい」

「僕のと言われましても……型を使って焼けば誰でもふっくらに焼けますよ」

火加減やひっくり返すタイミングにコツはいるが、それほど難しいものではない。雄大だって手先は器用だから、作り方を覚えればできるはず。

けれど雄大は、そういう問題じゃないとかぶりを振る。

「俺は、ただのふわふわホットケーキじゃなく、渚ちゃんの焼いたホットケーキが好きなんだ！」

単に作るのが面倒なだけでは？　なんて疑念も吹き飛ばす勢いで力説されると、そんなに自分のホットケーキを気に入ってくれたのか、とふわふわホットケーキの上で弾んでるみたいな気持ちになって、自分のファンシーな発想に笑ってしまう。

「そうですか。それじゃあ、明日の朝食はホットケーキにしましょう」

「マジで？　──あ、いや明日はまだいいから、ゆっくり寝ろ」

自分のホットケーキより、渚の体調を優先してくれる。優しい雄大のためならホットケーキの十枚や二十枚焼けると思える。だが雄大は、きっとホットケーキより渚がゆっくり寝ていることを喜ぶだろう。

──本当に、優しい人だ。

そんな人の側にいられる幸せにじんわりと目の奥が熱くなり、涙が零れそうになったのを、あくびをかみ殺すふりでごまかす。

「眠そうだな。片付けしとくから、さっさと寝ろ」

「いえ。それくらいはできますから」

「食器洗い機に入れて、後は棚に戻すだけだろ?」

それくらいできるわ！　と大げさに胸を張る雄大に、声を立てて笑ってしまう。

泣きそうになったり笑ってしまったり。雄大といると自分の中のいろんな感情が揺さぶられる。

そのことに、これまで自分がどれほど感情を押し殺して人の顔色ばかり見て生きてきたかを思い知らされた。

素直な雄大といると、自分も素直でいられる気がする。

「それでは……お任せしてもいいですか?」

「おう、任せろ！　その代わり……」

無言で自分のほっぺたを人差し指でつつく雄大に、『ほっぺにチュー』を要求されていると気づく。

「美味しい夕ごはんをありがとうございました」

感謝を込めてほっぺたにキスをすれば、雄大はにまっと実にいい顔で微笑む。

「こちらこそ。美味しく食べてくれてありがとー」

軽く肩を抱かれ、お返しと雄大からほっぺにチューをされた。

熱いお鍋のせいで体温が上がっていたが、さらに顔から熱くなってきた気がする。

雄大の唇が触れた頬を手のひらで触れれば、すごく熱い気がして何だか恥ずかしくなってきた。

「いえ、あの……あ、汗をかいたのでシャワー浴びてきますね！」

また熱が上がってきたのかもしれない。動悸《どうき》を感じるのもきっと体調不良のせい。

こんなに気を遣ってもらったのに悪化させては申し訳がたたない。優しい笑顔で自分を見ている雄大から逃げるようにリビングから飛び出し、渚はシャワーだけ浴びて早々に休むことにした。

「コーヒーを淹れておきましょうか？」

「いや、いい。俺ももう寝るから」

寝る前に必要最低限のことはしておこうと仕事部屋へ戻っていた雄大に訊ねたが、意外な返事が返ってきた。

「お仕事は大丈夫なんですか？」

「……明日から真治にアシを頼んである」

大丈夫ではないようで、明日から本気出す！　と言う雄大に苦笑いが漏れる。

真治が来たときに仕事が進んでいないと怒られるんじゃないかと心配になるけれど、それでも側にいてくれるのが嬉しくて、雄大が風呂に入っている間にリビングに布団を敷いた。

足元にはワタゲ。雄大の向こうにローズ。ポポは渚と雄大の間、というのが最近の定番のポジションだが、今日は夕飯の時叱られてすねたのか、ポポはワタゲの隣で丸まっていた。

明日にはポポのご機嫌が直っているといいな、と思いながら心地よい布団に潜り込み、深く息を吐いて目を閉じる。

このまま眠りに落ちれば、最高に幸せな夢が見られそう――そう思いながらうとうとし出したときに、後ろから抱きしめられて心臓が止まるかと思うほど驚いた。

「な……」

何事かともぞもぞ雄大の方を振り返れば、さらに抱き寄せられて腕の中にすっぽり包まれる。だが雄大は目を閉じて穏やかな寝息を立てている。

「あのぉ……」

「……もぞもぞしてないで、寝ろ……ローズ」

「ローズって……」

寝ぼけた雄大は、渚をローズと間違えて抱きしめているのだ。今日はポポが間にいないせいで勘違いをしたのだろう。

そうと分かれば、何も驚くことはない。

ちょっと役得かも、なんて考えが心を過《よ》ぎる。

渚も犬たちを抱きしめることはあるが、抱きしめられることはない。

温もりに包まれる安堵感に、ひどくほっとした気分になった。

雄大の背中に腕を回し、ぎゅっと自分からもしがみつければもっと幸せだろうな、と思うけれどそこまでの贅沢を望んではいけない。

少し幸せになると欲張りになるようで、もっともっとと望んでしまう。

——もしかしたら、こういう図々《ずうずう》しいところが捨てられる原因だったのかもしれない。

嫌われないよう捨てられないよう、節度と距離感を守っていかなければ。

心にまで染み渡りそうな温もりを、肌で感じるにとどめる。

——いっそ、犬ならよかったのに。

もしも犬ならば、何も疑わずこの優しい人の側にいられる幸せを感じていられるだろうに。

人間なばかりに先のことを考えて、温かな腕を失う日のことを考えてしまう。

——でも今だけ。今だけだから。

犬になった気分で雄大の胸に擦《す》り寄れば、抱きしめる腕に軽く力が入ってより密着する。

これじゃローズじゃないとバレてしまうかと一瞬ひやっとしたが、雄大は渚の背中に回した手で背中をゆっくりとなでてくれる。

優しくて温かい手にうっとりと瞼《まぶた》が落ちてくるけれど、これは自分のものではないと自戒すれば目の奥がきゅっと痛くなる。

寂しいときに感じる痛みに似ているが、きっと違う。体調不良のせいだ。

体調がよくなれば、いつもどおりドッグカフェのマスターとして雄大の役に立てる。

そうなれるよう、渚は今だけの心地よさに身を任せて目を閉じた。

ぐっすり眠ったおかげか、いつになくすっきりと朝を迎えた。

目覚ましをかけ忘れたのに習慣でいつもと同じ時間に目が覚めた渚は、まだ夢の中にいる雄大の腕から苦労して抜け出す。

抱きしめられていたといっても、眠っている雄大の腕はちょっと重い程度で物理的にはすぐにどけられた。

ただ心理的引き留め効果はものすごく、その重さと温もりは心地よすぎてずっと感じていたかった。

きらきらした子供みたいな目を閉じていても、どことなく子供っぽい。微《かす》かに開いた唇は微笑んでいるみたいで、幸せそうに見える。

——自分といることを、少しでも幸せと感じてくれているといい。

そのために自分にできることを精一杯しよう、と渚は名残惜《なごり》しさを振り切ってキッチンへ向かった。

ゆっくり寝ていろと言われたけれど、目が覚めてしまったのだから何か作ろう。今朝は何だか甘い気分だったので、マシュマロチョコトーストを用意することにした。

甘い物だけでは何なので、ベーコンと野菜たっぷりのコンソメスープも作る。

「やっぱり犬でなくてよかったかも」

犬では食事が作れないし、他の家事だってできない。

「まあ、犬は可愛いのが仕事か」

だよね？　と足元で朝ごはんを待っている犬たちに目を細める。

ポポは渚の動きに合わせてちょこまかとついて回り、ローズはキッチンとリビングの間をうろうろ。ワタゲは大人しくリビングの布団に寝そべっているが、視線はずっと渚を追っている。

何をしていても何もしていなくても、とにかく可愛い。ワンコは存在自体が癒やしだ。

癒やし効果は素晴らしいが、癒やしで胸は一杯になってもお腹は膨れない。

雄大のために朝ごはんを作れるのが嬉しい。自分をアピールするためではなく、ただただ雄大の役に立ちたい。喜んでほしい。

「だって、雄大さんのこと――」

続く言葉を、慌てて頭を振って思考から振り落とす。

雄大は優しい。けれどその優しさを愛情と勘違いして好きになったりしちゃいけない。

男に恋愛対象として好かれるなんて、気持ち悪がられるかもしれない。

雄大なら気にしないと言ってくれそうだが、もしも違ったら嫌な思いをさせてしまう。

嘘をつくのはよくないけれど、黙っているくらいは許してほしい。

――心の中で想うだけだから。

告げるつもりのない言葉を、料理に混ぜ込むくらいの気持ちで丁寧に朝食を用意した。

七時前になると、お散歩目当てのローズが雄大の顔をつついて起こしにかかる。雄大は向きを変えたり布団を被ったりして抵抗するが、最終的にはローズが粘り勝つのがいつものパターン。

ジャージに着替えると、雄大は水分補給にキッチンへ立ち寄る。

朝食前に牛乳を一杯飲んでからローズの散歩に行くのが最近の日課になっているのだ。

「ゆっくり寝てろって言ったのに。もう熱はないのか?」

おでこを触られるのは分かるが、頬に、首筋まで手のひらでなでられて身体がびくつく。

心の奥に沈めた想いが湧き上がってくるかのように、せっかく下がった熱がまた上がったみたいに頬が熱くなるのを感じ、慌てて身体を引いて雄大の手から逃れる。

「あ、の……ないです!　すっかりよくなりましたので、もう大丈夫です」

「そっか。昨日、よく眠れた?」

「は、はい。おかげさまで」

「ホントに?　寝苦しかったとか、夢見が悪かったとかない?」

「あー……はい」

寝ぼけた雄大に抱きしめられて最初は驚いたけれど、温かな腕の中は心地よくっていつもよりぐっすり眠れた。だけどそれを雄大に伝えたら、もう間違えないよう一緒に寝るのをやめると言い出すかもしれない。

それは嫌だ。抱きしめてもらい損ねたローズには悪いけれど——と思ったところに、お散歩用のリードを咥《くわ》えたローズが盛大にしっぽを振りながら二人の間に入り込んで来た。

「ああ、ローズ。……ごめんね、雄大さんを取っちゃって」

こっそりと昨夜のことを謝りつつ心からの謝罪を込めてローズの頭をなでてやると、ローズは「お散歩の時は独り占めできるからいいの」とでも言っているかのようなきらきらした眼差しで見上げてくる。

「ごはんの用意をしておくから、いってらっしゃい。雄大さんにはマシュマロチョコトーストをご用意しますね」

「マジで？　やったね！」

ご機嫌で散歩に出かけるローズと雄大を、渚も笑顔で見送った。

◆

雄大の仕事があるときは、渚は夕飯の片付けをすませれば後はすることがなくなる。

「へー、通信教育だけじゃ栄養士にはなれないんだ。まあ、資格は取れなくてもいいか」

リビングのソファで、右側にポポ、左側はローズとローズの毛に埋もれるようにして寝転がるワタゲを従え、スマートフォンで検索をする。

こういう空いた時間を活用して、栄養学や食育の通信教育を受ければ、もっと健康になれる食事作りができるのではないかと考えたのだ。

初心者でも分かりやすい講座はないだろうかと検索を続けていると、スマートフォンに電話の着信があった。

『おう、久しぶり』

「……え？」

声を聞いても、一瞬誰だか分からなかった。

もう番号を消去していたから気づかず出てしまったが、電話の相手は斉藤《さいとう》だった。

まさか向こうからかけてくることなどないだろうと思っていたのに。嫌な予感しかしなくて、心臓がばくばく脈打ち出す。

緊張に身を硬くする渚と違い、斉藤はまるでちょっと疎遠になっていた友達に連絡してきた程度の気さくさだ。

『半年ぶりか。今どこ？　実家か？』

「い、いいえ……」

『まだこっちにいんのか。よかった。タンとポポを返してくれ』

「タンとポポって……ワタゲとポポです」

そうだったっけ？　と名前すらまともに覚えていなかった犬を返せとはどういうことか。訊ねる前に、斉藤は話し始める。

『今度、嫁が出産するんだ』

「そう、ですか」

出来婚だったから自分はあんなに慌ただしく追い出されたのか、とどこか他人事《ひとごと》みたいに感じるほど、もうどうでもいい話に心はまるで動かない。

それはおめでとうございます、と型どおりの社交辞令を返す渚の言葉を受け流し、斉藤は一方的に話し続ける。

『でさ、何か赤ん坊の頃からペットと暮らすとアレルギーになりにくいってネットで見たとかで、犬を買えって言われてさあ』

それなら、以前飼っていたポポとワタゲを取り返そうと思ったようだ。

「でも、奥さんは犬が嫌いだと言ってませんでしたか？」

『だからさ、世話は渚がしてくれ』

「は？」

家の中に犬がいる環境が必要なだけで、可愛がったり世話をしたりする気はないという。

生き物をまるでベビーグッズを買うように気軽に欲しがるなんて、あり得ない。

開いた口がふさがらないとはこういうことか、と何も言えずにいる渚に、斉藤は勝手に話を進めていく。

『犬は子供が生まれてからでいいんだけど、おまえはすぐにでも家事しにきてくれよ。嫁はお嬢様で家事なんてしないし、今雇ってるハウスキーパーも全然使えなくってさ。住み込みは無理だけど、近くに部屋を借りてやるから通いできてくれ』

「お断りします。犬は渡さないし、家事もしません」

あり得ない頼みを逡巡《しゅんじゅん》なしに断ったが、斉藤からは断られるとは思ってもみなかったかのような不機嫌な反応が返ってくる。

『はあ？　俺の犬を返せって言ってるんだ。おまえに断る権利はないよ』

「ポポとワタゲを連れて出て行けと言われたんですから、もう二匹は僕のものです」

『やるとは一言も言ってない。おまえが勝手に連れて行ったんだろ』

「どっちが勝手なんです！」

『こっちにはあいつらの血統書もあるし、買った店には俺のカードで支払いをした証拠も残ってる。窃盗で訴えてもいいんだぞ？』

「そんな……そんなこと……」

悔しいが、こちらには斉藤が犬を捨てたという証拠は何もない。犬を盗まれた、と訴えられれば渚が負けるだろう。

ポポとワタゲを失うなんて、考えただけで息が苦しくなって肩で息をしてしまう。

黙り込んだ渚に、斉藤は上から目線の猫なで声で語りかけてくる。

『俺もさ、事を荒立てたいわけじゃない。ただあいつらを返してくれって言ってるだけだ。世話もおまえにさせてやるから、それでいいだろ？』

「……新婚家庭に昔付き合っていた相手を入れるとか、正気ですか？」

『付き合ってた、ねえ。それも、どこに証拠があるんだ？』

自分たちは、ただの雇い主と社員だった。あっさりとなかったことにされた関係が、本当に何もなかったんならよかったのにと思うほど嫌悪感が湧く。

『まあ、よりを戻したいってんなら――』

「馬鹿ですか？　そんなわけないでしょう」

電話の向こうで、一瞬ぐっと息をのむのを感じた。何でも言いなりだった渚が反撃してくるなど思ってもいなかったのだろう。

もう斉藤とは同じ部屋の空気も吸いたくないほどだが、そんな男の元に大事なポポとワタゲだけをやるなんてできない。

彼に渡すなら、一緒について行ってやらないと。

絶望的な状況に、目の前がすうっと暗くなる。

頭に血が巡らないのか、何も対策が考えつかず、とにかく一般的な理由で断ってみる。

「……いきなり家事をしに来いと言われても、無理です。今の職場に迷惑がかかります」

『へえ、就職したのか。何やってんの？』

「カフェを……任せていただいています。僕がマスターなので簡単には辞められません」

『雇われマスターか。まあ、おまえ掃除と料理くらいしか取り柄なかったもんな』

斉藤は、他人を馬鹿にしていないと死ぬ病気なんだろうかと思うほど自然に馬鹿にしてくる。こんな人を好きだと思っていたなんて、過去の自分の馬鹿さ加減が嫌になる。

でも、馬鹿だったと気づけたのは進歩だと気を取り直す。

斉藤に捨てられた自分に希望を与えてくれて、今ではローズと共に雄大に癒やしを与えてくれている、大事な宝物の犬たちを何としても守らなければ。

よく似た別のポメラニアンを身代わりに渡しても、きっと斉藤は気づかないだろう。けれどポポとワタゲのためとはいえ、ろくに世話をしないと分かっている奴のところへ他の犬をやることはできない。

アレルギーへの免疫とやらがどれくらいで付くのかは知らないが、必要でなくなったらまた簡単に捨てるはず。ポポとワタゲに似た犬が、殺風景な檻《おり》の中で震えている光景が頭に浮かび、ぞわっと背筋が寒くなる。

「……赤ちゃんのために犬が必要なら、赤ちゃんが生まれてからでいいんですよね？」

『ああ。家事は今すぐにでもやってほしいけど、犬はまだいらないな』

「予定日はいつです？」

『八月だったかな』

今はまだ五月の末。まだ少し猶予があるからその間に対策を考えようと、とりあえず時間稼ぎをすることにした。

「雇い主に相談しないと辞められませんので、今すぐというわけにはいきません」

『そうか？　まあ、なるべく早くしろよ』

前向きに検討するふりをすれば、斉藤は不満げではあったが納得をして通話を終えた。

「……ああ、ポポ、ワタゲも」

スマートフォンを握りしめたまま石像のように固まっていた渚の両サイドで、ポポとワタゲがじっと渚の顔を見上げていた。その瞳が、うるうると潤《うる》んでいる。

ローズは渚の不安が感染したのか、テーブルの下に潜り込んで伏せをしていた。

「ごめんね、みんな」

何とか笑みを浮かべてポポとワタゲを腕の中へ抱き寄せる。ローズも目線で呼び寄せると、渚の膝に両前脚をかけて顔を近づけてくる。その柔らかな毛に頬ずりする。

温かで柔らかな存在たちが、緊張に冷たく冷えた肌を温めてくれるが、心は冷たく凍り付いたようで指先が震える。

だけど、ぎゅっと手を握りしめて震えを抑え込む。

「ポポもワタゲも、あんな奴のところへ行きたくないよね」

こんな頼りない自分を信頼してくれる彼らのために、しっかりしなければと奮起する。

狼狽えてばかりもいられない。この危機を乗り切る名案はないか、まずは斉藤の近況を探ることにして、犬たちを床へ下ろして真剣にスマートフォンを操作する。

これまで頻繁にSNSにアップしていた犬たちが突然いなくなったことを、なんと言い訳しているのか。

別れてから、一度も見なかった斉藤のSNSを確認してみて驚いた。

社員の実家のポメラニアンが亡くなり、落ち込んでいる母親のために犬たちを譲ってほしいと土下座で頼まれ仕方なく手放した——という無理矢理な美談に仕立てられていた。

コメント欄の『優しいんですね』だの『健康王子ってばホント社員思い！』なんて斉藤を持ち上げる書き込みに、薄ら笑いが漏れる。

結婚したことは世間に隠しているらしく、奥さんの話は一切出てこない。

ジムでトレーニングしている様子や、自分が作った料理とやらの写真がアップされているが、きっとハウスキーパーさんが作った物だ。

ミートパイやアヒージョなど、相変わらず映えを意識したおしゃれなメニューだが、盛り付けのセンスはいまいちだから、また渚に料理をさせたいのだろう。

「それなら、料理だけ作りにいけばいいいんじゃ……」

ポポとワタゲを連れて斉藤の家へ行き、料理をしている間だけ赤ちゃんと犬たちを触れ合わせて帰ればいい。

そう考えて、渚はここが——雄大の家が自分の帰る場所だと思っていることに気がついた。

——雄大さんも結婚することになれば、当然ここを出て行くことになるのに。

これまでは、少しでも長くここにいたいとばかり考えていたけれど、そんなことは不可能だという現実を目の前に突きつけられた気分になった。

斉藤が赤ちゃんを抱いた女性の肩を抱く姿が頭に浮かんだが、なんとも思わない。きっと淡々と家事をこなすことができる。

けれど雄大もいつかは女性と恋をして、ここでその人と暮らすのだ。

思った瞬間に、ぞわっと全身が総毛立つのを感じた。

想像しただけで心臓を絞られたみたいに息が苦しいのに、実際にそれを目にしたらどうなってしまうのか。

雄大はきっとポポとワタゲと別れたくないから、どこか別の場所で渚にドッグカフェは続けさせてくれるかもしれない。

だけど雄大に彼女ができれば、もう一緒に寝るなんてことは絶対にできなくなる。

愛されなくても、抱きしめてもらえるだけで幸せだった。でもそれすらも失うことになる。

喪失感に、ひんやりと冷たい風が吹き込んだかのように身体が震えた。

「……そうなる前に、出ていった方が……いいのか」

思わず自分をかき抱く渚の暗い雰囲気を感じ取ったのか、テーブルの下でワタゲがじっと渚の顔を見上げているのに気づく。そのすぐ後ろでは、ローズが腹ばいで前脚に顎をのせ、渚に何か訴えるみたいに「ヒューン」と小さく鼻を鳴らす。

ポポはとリビングを見渡せば、テントの横のクッションの上で渚に背を向けて丸まって寝ている。けれど渚の視線に気づいたのか、ちらりと後ろを振り返り、またふいっと背を向けて丸まる。

三者三様に、渚の決意を否定しているようで心が揺れる。

だけど雄大にとって不要な存在になる前に出ていった方が、ダメージが少ないと思えた。

雄大に捨てられたくないから、自分から出て行く。

またどうしようもなく後ろ向きな発想だが、今度好きな人から捨てられたら、本当に崖《がけ》からダイブしたくなるだろう。それほどに――。

「雄大さんが、好きだから……すごく、好きだから、出て行かなきゃ」

斉藤の条件をのめば、ペット可のアパートでも用意してくれるだろう。どうせまた不要になれば捨てられるだろうが、今度はまったくダメージを受けない。それどころか、解放されて清々するだろう。

ひとりぼっちになっても、ポポとワタゲだけは手元に残る。多くを望んではいけない。それで十分。

しかし雄大との別れを選ぶなら、ローズともお別れということ。せっかく三姉妹のように仲良くなった犬たちを引き離してしまうことになる。

でもローズがここに残るなら、雄大がひとりぼっちにならずにすむ、といい方に考える。

「ローズ……雄大さんを頼むね」

椅子に座ったままテーブルの下のローズをのぞき込めば、堪《こら》えきれなかった涙がぽたりと床に零れた。

渚の感情につられてか悲しげな目で起き上がったローズに、頬をつたう涙を舐められる。

ワタゲも渚の足に前脚をかけて抱っこをせがんでくる。

「ローズ……ワタゲも、ごめん。ポポも……みんな、本当に、ごめん……」

床に膝をつき、リビングから走ってきたポポもまとめて三匹を両手で抱きしめる。

「なんでこんな……なにも、いつも……うまくいかないんだろう」

――一番いたい場所に、自分の居場所がない。

こんなことがこれからもずっと続くのだろうか。

そんなことはない、と言える要素は何一つない。

ぐちゃぐちゃな感情が胸の中で暴れて、熱い嗚咽《おえつ》になって漏れる。

「ふっ……く……ごめ……ごめ、ね……ごめん……」

泣きながら地面に這《は》いつくばるしかない自分が情けなくて、寄り添ってくれるポポとワタゲとローズに、渚はただただ謝ることしかできなかった。

◆

斉藤から電話があった次の日の夜。夕飯に好物のハンバーグを食べてご機嫌の雄大に「折り入ってお話が」と犬たちの邪魔が入らない寝室へと移動してもらい、渚は昨日決意した話を切り出す。

「ドッグカフェのマスターを辞めさせていただきたいんです」

「……え？　ええっ！　何で？」

寝耳に水の話に、雄大は大きな目をさらに見開いて白黒させる。

驚く雄大に、辞めたくて辞めるわけじゃないということだけはしっかりと伝えたくて、気持ちを落ち着けて努めて冷静に話す。

「ポポとワタゲの元の飼い主が、二匹を返せと言ってきたんです。ですから……戻らないと」

「それって、渚ちゃんたちを捨てた女社長か？　今更何で！」

「赤ちゃんのアレルギー対策に、犬を飼うといいとかで」

「ああ……何かそれ、聞いたことある。新生児の頃に動物と暮らすと花粉症になりにくいとか何とか。って、元カノさん赤ちゃんできたのか……」

「まだ生まれてはないそうですが」

妊娠出産なんておめでたい話も、『別れた恋人が』とつくと途端に重苦しいものになる。

複雑な話に、雄大も何と言っていいのか考えあぐねているようだが、気持ちがくじけないよう一気に話を進める。

「産むのは僕の元恋人じゃなく、その妻。僕が付き合っていた相手は、女社長じゃなく社長——男性だったんです」

「は、い？　え？　女社長、じゃない……って？」

「僕は、男性とお付き合いをしていたんです」

自分の聞き違いか渚の言い間違いかと思っているような雄大に、間違いようのないはっきりとした言葉で伝えた。

気持ち悪いと言われても仕方がない。どんなののしりが来ても耐えろ、と腹に力を込めて雄大の反応を待つ。

「えっ！　渚ちゃん、ゲイだったの？　すごい意外。つーか、全然分かんなかったーっ！」

絶叫して頭を抱える雄大は、隠していた渚より見抜けなかった自分に憤《いきどお》りを感じているようで「俺の目節穴じゃん」とぶるぶる頭を振る。

両手で髪をつかみ、眉を下げたなんとも情けない顔で見つめてくる。混乱して取り乱す雄大に、怒鳴られて睨《にら》み付けられるより胸が痛む。

「すみません。その……隠していて」

「いやいや。それにしても……渚ちゃん、ゲイの雰囲気まったくないから、びっくりしたー」

雄大は、知り合いに何人か同性愛者がいるが、彼らはカミングアウトされる前から雰囲気でそうだろうなと察せたのに、渚からはそんな雰囲気は一切感じなかったと困惑しているようだ。

「まあ……僕も自分が同性愛者と思っていませんし」

「へ？　ああ、両刀ってこと？」

「いえ。彼と付き合うまで男性とも女性とも付き合ったことがなかったし、恋愛感情も持ったことがなかったので」

子供の頃に母親から女の子と付き合うのを禁じられたせいか、恋愛に興味を持たないようにしていたから、恋愛というもの自体がよく分かっていなかった。

それでも、斉藤と付き合えたのだから同性愛の素質はあったのかもしれない。

渚本人にも不確かな気持ちを探るように、雄大は状況を推測する。

「つまり『付き合ってくれ』と言われたから、付き合った、と。男と」

「そう、ですね。声をかけていただけて嬉しかったし、断る理由もなかったから……」

単純馬鹿だと呆れられるかもしれないが、これが嘘偽りのない当時の心境だ。

「好きだって言われて、それだけで信じたのか？」

「……馬鹿でしたので」

「いやいや！　渚ちゃんは純真だっただけで、馬鹿なのは自己中な元彼の方だ！　渚ちゃんを恋人にしながら他の女と結婚して、おまけに今更犬を返せとか馬鹿にしすぎだろ！」

真冬に恋人とペットを家から追い出すような人でなしのところへ行かせられるか！　と憤慨する雄大は格好いいし頼もしい。

――だから、出ていかなければ。

これ以上好きになればなるほど、別れが辛くなるのだから。

「ですが、ポポとワタゲは買った彼に所有権があるので、窃盗で訴えられれば負けます。でも犬の世話なんてできない彼の元に、ポポとワタゲだけ行かせるわけにはいきません」

「……だから、嫁のいる元彼のとこへ戻るって？」

「通いで犬の世話と家事をしに行くだけで、住まいは別です！」

既婚者とよりを戻すつもりかと疑いの眼差しを向けられたが、無理もない。慌てて仕事だけの関係だと説明する。

「雄大さんには申し訳ないですが、ここもいつかは出て行かなければならないんですから……」

「え？　なんで出てかなきゃならないんだよ？」

まるで渚がずっといることが当たり前のような反応に、嬉しいんだけれど複雑な気分になる。世の中は常に変わっていくのだから、この関係だって終わるときが来る。

「雄大さんだって、そのうち彼女ができて結婚するかもしれないでしょう？　新婚家庭に居《い》候《そうろう》できるほど図太くないです」

「つまり、俺にも彼女とかできて結婚することになったら居場所がなくなるから、そうなる前に出て行くと」

「……はい」

行く当てのないところを拾ってもらったのに、自分の都合だけで出て行こうなんて身勝手なのは分かっているけれど、何かきっかけがなければ出て行けない。

幸せだけれどいつ失うか分からない、砂糖菓子みたいな甘くてもろい世界が突然崩れる恐怖に怯えながら暮らすのはあまりに辛い。

両親の家にも恋人の家にも、自分の居場所はないと気づいたときの絶望と悲しみと悔しさと虚無感——今でもはっきり思い出せる。

もう一度あの苦しみを味わうなんて、考えただけで握りしめた指先が冷たくて息まで苦しくなってくる。

苦しさに眉をひそめる渚に、雄大は探る眼差しを向ける。

「本当は、俺の世話が嫌になったんじゃねえの？」

「まさか！　そんなわけないです」

「んじゃ、わがままうぎて愛想が尽きたとか？」

「そんなこと！　そんなこと絶対にないです」

雄大は、耳を倒して上目遣いに見るワンコみたいなしおらしさで訊いてくる。

確かに雄大は手がかかるしわがままだ。だけど、そんなところが好きで――これ以上好きになってからでは別れが辛いから、離れたいのだ。

「雄大さんのお役に立てるのは嬉しくて、楽しかったです。でもだからこそ、自分の役目がなくなったら辛くなると思って。わがままなのは雄大さんではなく、僕なんです！」

強く言い切る渚に、雄大は「そっかー、よかった」と笑顔で大きく息を吐く。

きっと自分に彼女ができても気にせずマスターを続けろと言ってくれるのだろうと思ったら、想像の斜め上の言葉が返ってきた。

「だったら、渚ちゃんが俺と結婚してくれればいいんじゃん」

「……あの、真面目な話なんですが」

「そうか。そうだな。うん、悪かった」

頭をかいた雄大は、そのまま手ぐしで髪をなでつける。

んんっ、と軽く咳払《せきばら》いしてから片膝をつき、渚の両手を握って真摯《しんし》な眼差しで見上げてくる。

「渚。俺と結婚してくれ」

真剣だけれど、仕事の時に見せるのとはまた少し違う、眩《まぶ》しげに細められた目とはにかんだ口元に目が釘付けになる。

本気で言われているのでは、と勘違いしそうになる眼差しから、顔を背けて何とか視線を逸らす。

「あの……ですから、真面目に、茶化さないで――」

「真面目だって！　指輪がないのは急だったから仕方ないだろ。後でちゃんと用意するから」

何もなくて悪い、と左手の薬指に口づけられ、そこから電流が流れたみたいに身体が強張《こわば》る。

「ええっ！　あ、あの……」

一瞬触れただけの唇の熱が、ぐっと一気に体温を上げたみたいに顔が火照《ほて》る。

改めて向き合う懇願する眼差しは射るようで、嘘や冗談でこんな目をすると思えない。さらに、たたみかけるように雄大は本気をアピールしてくる。

「男同士じゃ現行法では夫婦として籍は入れられないが、同等の権利が得られるようにする。ポポとワタゲのことも、俺が何とかするから心配するな」

――ああ、そうか。

ポポとワタゲのことを持ち出されて納得する。頭に上った血がすっと引く感覚がして、心臓がずきずきするほど混乱していた気持ちが凪《な》いでいく。

雄大は昔、自分のポメラニアンを助けられなかった償《つぐな》いに、ポポとワタゲを助けたいのだ。

情に厚い人だと思うが、やり過ぎだ。

「雄大さんは、ゲイではないですよね？　それなのに、ポポとワタゲを手元に置くために男と結婚しようなんて、どうかしてます」

「なっ、違う違う！　ポポとワタゲもここにいてほしいけど、渚がいないと！　渚が好きだから、ここにいてほしいんだ」

「え？　あの、好きって……？」

「初めて駐車場で出会った時、車の中で何かモケモケしたものが動いてるのに気づいて覗きに行ったら可愛いポメがいて、運転席にはドールみたいなきれーな人間が寝てて……この車は宝箱かと思ったわ。だから、持って帰りたくなっちゃったのよ」

中古の軽ワゴン車を宝箱だと思うなんて、雄大くらいだろう。でも、そんな子供みたいな発想をする雄大が、やっぱり好きだ。

雄大も自分を好きだと言ってくれるなら、これは人生初の両想いというものか。

信じられない事態にまた頭に血が上ったのか目の前がちかちかして、光り輝く天国にいるのではと錯覚する。

もしくは今までの生活は全部夢で、目を覚ませば寒くて狭い車の中――なんて虚《むな》しい夢落ちではと疑ってしまう。

しかし夢にしては、さっきからせわしなく脈打つ心臓や、息を吸っても吸っても酸欠みたいにくらくらする頭の感覚はとてもリアルだ。

現実だとしたら、雄大は自分なんかのどこが気に入ったのか。いぶかる渚の気持ちを察したかのように、雄大は苦笑交じりに自分の気持ちを語り出す。

「正直、拾ったときはポメラニアンが目当てで、渚のことはおまけ程度に思ってた。だけど最初は見た目が好みってだけだったけど、渚はやることなすこと全部が好みでさ。きれいで犬好きで優しくて、おまけに料理上手で掃除に整理整頓《せいとん》までしてくれて、好きになる要素しかないじゃん。でも下手にこっちから好きだって言って逃げられっと困るから、何とか好きになってもらえないか、渚のタイプに寄せたり努力してたんだぞ？」

「僕の……タイプ、って？」

「前に『ロマンチスト』が好みのタイプって言ってただろ？　だから部屋に星貼ったりシャボン玉飛ばしたりしてみたけど駄目で、まいったわ」

「ええ？　あれって……全部、僕の、ため？」

「渚の気を惹きたくて、必死だった」

雄大の照れた笑い顔が可愛くて、胸がぎゅーっと苦しくなる。

「『ロマンチストが好き』って、言いましたけど……あれは……雄大さんが僕の名前を『穏やかな冬の海みたいにきれいだ』って言ってくれて……それがとても嬉しかったから……」

「それで『ロマンチストが好き』って言ったってことは、まさかの両想いだったわけ？　最初っから？」

雄大は大きな目をさらに見開き、笑顔全開で渚の手を握った手に力を込める。

「じゃあ、なんも問題ないじゃん！　結婚して」

「問題あります！　男同士で結婚なんて……無理です」

「無理なことがいろいろあるのは分かってたっけど、渚のこと好きになっちまったんだから仕方ないじゃん。戸籍は養子縁組って手があるし、子供ができないのは男女のカップルでもあることだし。難しくとも越えられないほどの障害じゃない！」

「でも……やっぱり世間の目とか……厳しいものがあるかと」

同性愛者に対する風当たりはまだまだ強い。乗り越えて進むにはかなり高いハードルだと思うのだが、雄大は「高いの上等」と笑い飛ばす。

「ハードルってのは、高ければ高いほどくぐりやすいんだぞ」

「くぐるって……」

「ハードル競争じゃ、くぐるのは失格になるそうだが、人生は競争じゃねえから勝つも負けるもない。棺桶《かんおけ》入る前に『幸せな人生だった』って思えれば、それでよくないか？　俺は、今の楽しくて幸せな暮らしをずっと続けたい」

人から『勝ち組』と呼ばれる生き方をするより、自分が満足できる人生を歩めればそれでいいという。

雄大の思考は、渚の常識の遥《はる》か上空をかっ飛んで行き計測不可能だ。信じられないような話だけれど――信じたい。

怒濤《どとう》の展開に頭の回転が追いつかなくて目眩《めまい》がしそうで、さっきから雄大が握りしめたままの手をぎゅっと握ればさらに強く握りかえされる。

「俺は、渚が好きだ。渚は？　俺のこと……好きだよな？　好きじゃなきゃ、あそこまで俺のわがままに付き合ってくれないはずだ」

言葉では強く言い切っても瞳の奥に不安が見える雄大と、じっと見つめ合うことで自分の心と向き合う。

食事の世話も、整理整頓も、盗作疑惑を晴らすべくがんばったのも、自分が必要とされたかったから。居場所がほしくて、愛されたくて。

「……全部、自分のためにしたことです。役に立てば、ここに置いてもらえるから。ここは、ポポとワタゲが安心して暮らせて……雄大さんが、いるから」

「それはつまり、やっぱり、俺のこと好きってことじゃねーの？」

期待に瞳を輝かせて見つめてくる雄大に、ずっと言いたかったけど我慢していた言葉を言ってもいいのでは、と思えた。

「……好きです。雄大さんのことが好きです」

「渚！」

「だけど！」

立ち上がった雄大に肩を摑まれて抱き寄せられそうになったが、両手で雄大の胸を押して踏みとどまる。

「子供の頃からずっと、勉強も家事もがんばったつもりでしたが、全然駄目で……社会人になってからも、仕事も恋も何もかも駄目で……雄大さんは、こんな奴のどこが好きなんですか？」

ここまで駄目続きだと、やはり自分に問題があるとしか思えない。しかし雄大は、そんなことないとかぶりを振る。

「渚が悪かったのは、運っつーか、周りだな。周りが悪かった。渚の努力が報われなかったのは、努力が足りなかったからじゃない。報われない努力をしてただけだ」

「報われない、努力？」

「そう！　世の中にゃ自分の役に立つ間だけ利用して、用がなくなりゃそっぽを向く薄情な奴はいる。そういう奴ばっか周りにいたってだけで、渚は何も悪くないし、間違ってもない」

「間違ってなかった……」

これまでの自分のすべてを肯定されたみたいで、嬉しさと安堵に身体中の力が抜けていく。

膝から崩れ落ちそうになるのを、肩に置かれた雄大の手が支えてくれる。

力強くて優しい手の温もりを、ずっと感じていたい。

「これからも……僕のことを必要としてくれますか？」

「必要どころか、渚がいないとにっちもさっちもいかねぇわ。もっと俺を甘やかして、幸せにしてくれ。渚のことは俺が幸せにするから」

「もう……幸せです」

努力を認めて、必要としてくれる人がいる。自分と犬たちの居場所がある。これ以上の幸せなんて想像もつかない。だけど雄大は「こんなもんじゃ駄目だ」と意気込む。

「もっと、ずっとたくさん、めいっぱい幸せでなきゃ！　俺が楽しく幸せに生きるには、渚が必要だ。でもって、俺はわがままで欲張りだから、渚だけじゃなくポポにワタゲにローズも全部ほしい。ポポとワタゲのことも、何とかできないか考える。だから、頼むから俺のものになってくれ！　どんなことをしてでも、おまえたちを守るから」

どきどきとうるさいくらい無駄にがんばる心臓の音が聞こえやしないかと思うほど顔を近づけられ、頭に心臓が移動して脈打ってるみたいにくらくらする。

それでも、まっすぐ気持ちを伝えてくる雄大に、自分も答えたい。

「……僕にも、雄大さんが必要です。雄大さんのものに……なりたいです」

「ホントに？　んじゃ、食べていい？」

「え？」

「マシュマロはそのまま食っても美味いけど、焼いて蕩《とろ》けさせるともっと美味《うま》くなるだろ？

だから渚も、蕩けさせたらどんだけ美味くなんのか知りてえな」

熱っぽく見つめる眼差しに、蕩けて食べられてしまいたくなる。

自分が作った料理も自分自身も、丸ごと全部雄大に食べてほしい。

夢見心地ってこういうことか、なんて実感しながら頷いて微笑めば、その唇に唇をかさねられる。

軽く触れて、すぐに離れるかと思った唇に、唇を甘噛みされる。

「……んっ……ふ」

繰り返される優しいキスに、息が上がって酸欠になったみたいにくらくらして、何かに縋《すが》らないと立っていられなくなる。それが伝わったのか、雄大は渚の腕を取って自分の首筋に回すよう誘導する。

「ん……ん、ゆ、だい……」

雄大の頭を抱くように縋り付けば、ぐっと強く抱き寄せられてつま先立つ。

互いの息も体温も混じり合い、脳の奥までじんと痺《しび》れるみたいな、こんなキスはされたことがない。

初めて感じる、心の奥まで幸せで満たされていくみたいなキスを夢中でむさぼった。

「——んっ！」

ベッドに押し倒され、シャツをたくし上げられて素肌に触れられたところで正気に返る。

これ以上のことは、尻込みしてしまう。

顔については中性的と評されたこともあるが、身体的に女性らしい丸みはない。「やっぱり男じゃ無理」なんて拒否されたらと不安が膨らみ、雄大の胸を押して何とか距離を取る。

「ま、待ってください……あの、雄大さんは、男となんて……付き合ったことないんでしょう？」

「ないな。けど、誰にでも何にでも『初めて』はある！　大事なのは、できるかできないかじゃなく、やるかやらないか、だ。で、俺はやる！」

「何か格好いいことを言ってる気がしますが、やろうとしていることはつまり、その……」

「渚とセックスしたいってこと」

「セッ！　……って、いえ、でも、今までそんな、そぶりとか、全然……」

同じ部屋で寝起きして何もなかったのに、そこまで考えていたなんて信じがたい。戸惑いの眼差しを向ける渚に、雄大はあっけらかんと頭をかく。

「あ、全然バレてなかった？　寝てるときにほっぺにチューとか抱き付き魔とかいろいろしてたんだけども」

「寝てるとき……そ、そういえばローズと間違えて抱き付いてきたりとか……」

「寝ぼけてても、犬と人間は間違えないって。ワンコたちがいるとそれほどエロい気分にならなかったからその程度ですんだけど、いなかったらとっくに襲ってたわ」

「お、襲うって……」

さらっととんでもないことを言われ、目を点にして見つめる渚に、雄大は爽やかに笑う。

「虎視眈々《こしたんたん》とチャンスを窺《うかが》ってたんだけど、隙だらけ過ぎるとどっから付け入ればいいか分からないもんで、どう攻略すればいいもんか、苦労したたした」

着々と準備だけはしていたとばかりに、ベッドサイドの引き出しからコンドームを取り出した雄大はにやりと笑う。

「この日のために、潤滑ジェル多めってコンドーム買っといたんだな。男とやったことはないけど、やり方くらいは知ってっし。……やりたいし」

「やり……って……」

直球で求められて、恥ずかしいけれど嬉しい。嬉しいけれどそれをどう伝えればいいのか。考えすぎて頭が重いみたいに俯いてしまう渚の髪をなで、雄大は耳元に唇を寄せる。

「渚は、やりたくない？　嫌なことは嫌って言え……って教えただろ？」

「……ずるいです、そんなの」

好きな人に触られるのが嫌なわけがない。

分かっていて訊いている、雄大のいたずらな眼差しを、正面から受けとめるのは恥ずかしすぎて俯いたまま答えれば「可愛いーぃ！」と抱きしめられる。

ぎゅうぎゅう抱きしめられるのが嬉しくて、自分からもそっと雄大の背中に腕を回してみた。

縋るように雄大のトレーナーをぎゅっと摑むと、二人の間を阻む服を邪魔に感じたのか、雄大は性急にトレーナーと下に着ていたシャツも脱ぎ捨てる。

「雄大さん、結構肉がついてきたというか……いい体つきになってますね」

自分も脱いだ方がいいのかも、と思いつつ雄大の豪快な脱ぎっぷりと露《あら》わになってくる身体につい見とれてしまう。

前はただ細かっただけだが、今は引き締まった身体と言った方がいい体格に変わっていた。

「食べる量と運動量、どっちも増えた結果かね？」

毎食きちんと食事をしてローズとお散歩をした結果だ、と雄大は得意げに右手で力こぶを作ってみせる。まだ筋肉質とまではいかないけれど、細すぎて心配だった頃の面影《おもかげ》はない身体を、素直に称賛する。

「素敵です。格好いい」

「マジで？　渚も脱いで。……あ、ちょい待ち！」

促され、ボタンを外しかけた渚を押しとどめ、雄大はシャツの上から胸元をまさぐり小さな突起を探り当てるとその部分を舐めてくる。

「……あの？」

やっぱり男の裸は見たくないのかも、と不安もあったが雄大の顔はひどく嬉しそうで楽しんでやっているのが分かって、何がしたいんだろうと困惑する。

「んー……俺のプレシャスピンクちゃん、出ておいでー」

「プレシャスピンクって……？」

前にも聞いたことがあるような、と渚が記憶をたどる間も、雄大は熱心にそこを舐めてくる。布越しではもぞもぞと違和感がある程度だけれど、繰り返される刺激にじんわりと乳首が硬くなっていくのが分かった。

「ん……雄大、さん」

次第にシャツが透けて、肌の色とは違うピンク色の部分が透けて見えるようになると、雄大は瞳を輝かせる。

「会いたかったよ、プレシャスピンク！」

「あ……もしかして、ローズをお風呂に入れたときの？」

以前にお風呂場で、渚のシャツが濡れて肌に張り付き乳首が透けて見えた。雄大はそれを再現したかったのだ。

シャツ越しの淡いピンクを愛《め》でて楽しんでから、シャツをたくし上げて直接対面を果たす。

「濡れたシャツ越しに透けて見えてるのもよかったけど、直《じか》に見るのもまたいいね」

「あっ、雄大さんっ」

乳首にちゅうっと吸い付くみたいなキスをされると、びくんと身体が大きく跳ねた。

そのまま硬くなった突起を押し込むみたいに舌を這わされたり、大きく口を開けて甘噛みされたり、と脂肪も筋肉もさほどついていない平らな胸を味わわれる。

「んっ……んあっ、あ……」

充血して硬くなった乳首を指の腹でなでられると、身をよじりたくなるほど腰の辺りが疼《うず》き出す。小さな尖《とが》りがこんなに大きな刺激をもたらすなんて想像もしていなかった事態に、怯えが走る。

「渚……痛いか？」

胸元から顔を上げた雄大は、眉根を寄せる渚の頬をなでて優しく声をかける。

気遣う低い声が、じわりと耳から心へ染みるように響く。

「痛くないです。ただ……こんなの……こんな気持ちいいこと、されたことない、から」

「何だ、元彼はテクなし野郎だったのか」

やたらと嬉しそうににやにやした雄大は再び渚の愛撫《あいぶ》へ戻り、優しくついばむみたいに唇だけで乳首をはさみ、尖らせた舌で先端をくすぐる。

穏やかな刺激はただただ気持ちよくって、吐息を漏らせば雄大はまた顔を上げて渚の様子を窺ってくれる。

そんな気遣いが嬉しくて、身体と同じくらい心が気持ちいいと感じた。

「やっぱり……雄大さんって優しいですね」

「優しいと言うより、やらしいじゃないか？」

するりと太股《ふともも》をなでた雄大の手が、やんわりと股間を掴む。

「——あっ、駄目っ、どこ触ってるんです！」

「どこって……ここ触らずに、どこ触るんだよ」

ぐりぐりと強めにさすられると、ズボンの上からでも感じる雄大の手の温もりにざわざわと寒気がしてきて狼狽える。

まだ雄大に何もしてあげていないのに、自分だけ気持ちよくなるなんていけないことだろう。

「いえ、あ、あの、僕はいいですから」

「は？　いいって？」

「あの、ですから、僕がするので……」

「え！　渚の方がタチだったの？」

「え？　いえ、違います！」

渚が抱く立場だったと勘違いして驚きに目を見開く雄大に、慌てて否定をする。

「その……僕が手と、口で……しますから」

お構いなく、と断れば雄大は唖然《あぜん》とした表情で渚を見つめる。

「ちょい待ち。それはつまり、奉仕させられるばっかだったってことか？　まさか……インサートも、なし？」

「最初に……痛がったから、萎《な》えるって言われて」

斉藤は男も女も遊び慣れた相手とばかり付き合ってきたようで「初物なんて面倒くさいだけだな」と顔をしかめられ、申し訳なく感じた。

自分の何が悪かったのか、後からネットで調べて準備が足りなかったからだと知った。だから受け入れられるようにしよう、と渚はローションを買って自分で解《ほぐ》す練習をした。けれど斉藤はそれ以来挿入しようとはせず、奉仕させられるだけになったのでいつの間にかやめてしまった。

斉藤はただ楽に性欲を解消したかっただけだろうに、当時の渚はそれを痛い思いをさせたくはない愛情からだと信じ込んでいた。

自分の努力が足りなくて満足させられなかったのだから、と他の奉仕は一所懸命やった。三十分ずっと奉仕させられて、顎は怠くなるし舌の付け根まで痛くなったりした。それに片手で腕立て伏せをしているようなものだから、腕が筋肉痛になったりもした。

それでも、やれと言われればやった。

恋愛経験のない渚は「男同士はこうするもんだ」と言われれば疑いもしなかったし、愛されていると信じていたから、彼の頼みなら何でも聞いてあげたかった。

でも実際は、斉藤は外では金持ちのご令嬢と食事に行ったりショッピングに付き合ったりと紳士的に交際し、性処理は渚にさせていたのだ。

「どこまでカスだ！」

「……すみません」

マヌケな自分はののしられて当然と神妙に項垂れる渚に、雄大は大慌てで両手を振る。

「違う、渚じゃない！　カスなのはクソ社長だ！　自分さえよけりゃいいとか、最低だろ」

「雄大さん……」

斉藤は、付き合いだした当初はよく「好きだ」と言ってくれた。だけどその「好きだ」の前には「見栄えのいい料理を作るから」「掃除が上手いから」という言葉が隠れていたのだ。

雄大にはこれまで「好きだ」と言われたことはない。

でも渚が料理を作れば「ありがとう」と言ってくれて、気晴らしに外へ連れ出したり、熱を出せばごはんを作ってくれたりと、言葉と態度で好意を伝えてくれた。

それは薄っぺらな「好き」より確かに渚の心に届いていた。

だから雄大といるといつも、幸せだったのだ。

「でも、そんな事情なら挿《い》れらんねぇな。慣れてないと痛いんだろ？」

今もこんな風に気遣ってくれる雄大だから、何をされてもいいと思えた。

「いいですよ。痛くても」

「いいわけないだろーが！」

「雄大さんは、いつだって優しくて、大事にしてくれた。だから雄大さんのためなら、何だってします」

覚悟を決めて見つめたが、雄大は渚の意気込みを包み込むみたいに頭をなで、優しい笑顔を向ける。

「これまでどんな環境にいたんだよ……。でも、俺はラッキーだったんだな。周りが馬鹿ばっかりだったおかげで、渚は俺んとこへ来てくれたんだから」

見る目のない馬鹿共に感謝だ、と雄大は天を仰いで祈りのポーズを取ったが、感謝したいのは自分の方だ。

「僕の方こそ、雄大さんと出会えてよかったです」

「じゃあ、ここ、触らせてよ。俺が渚に気持ちよくなってもらいたいっていうか、俺が渚を気持ちよくしてえのよ」

「あ……雄大、さん」

おでこがつくほど至近距離で見つめられながら、ゆるゆると股間をなでられれば、それだけで息が上がるほど気持ちいい。

雄大は片手で渚の内股《うちもも》や股間をなでながら、もう片方の手でズボンのボタンを外してファスナーを下ろす。

「濡れて気持ち悪いだろ？　脱ご」

先走りだけでぐしょぐしょになっている下着事情を嬉しげな笑顔で指摘され、耳まで熱くなるほど赤面してしまう。

自分で脱がないと、と思うのだけれど恥ずかしさに狼狽えている間にズボンもパンツも脱がされてしまった。

「……すご……ご立派」

「え？　な……っ！」

「何がです？」と訊こうとして、雄大の視線から何を指しているか察して口ごもる。

すでに熱を帯びて角度がついている自分の性器を、まじまじと見られるなんて。耳まで熱かったのが、さらに首筋まで熱くなるほど恥ずかしい。

「や……そんな、普通ですし。それに、雄大さんの方が大きいですよね？」

「いやいやっ！　体格からしたら十分でかいって！」

斉藤からは何も言われなかったが、そもそも自分はほとんど着衣だったなと思い直す。斉藤は渚の顔が好みだっただけで、身体の方にはさほど興味がなかったのだろう。

――雄大さんも、男の身体なんてやっぱり無理と思うんじゃ……。

心配で思わず息を殺す渚と違い、雄大はほうっと惚《ほ》れ惚《ぼ》れとしたため息を漏らす。

「形といい角度といい……完璧か」

「も……やめてください」

たまらん、お見事、最高！　と褒めちぎられて、恥ずかしすぎて手で顔を覆ってしまう。

それで自分から雄大は見えなくなったが、雄大は渚を見ている。

触られていなくても、視線を感じるだけでずきずきするほど昂《たか》ぶってしまう。顔を近づけられ、微かにかかる息だけで震えた渚の張り詰めた滾《たぎ》りの先端に、雄大は軽く口づけた。

「なっ！　んっ、雄大、さん！　それ……いや！　あっ、ああ！」

渚が拒否するより早く、ぱくっと咥《くわ》え込まれて熱い滑《ぬめ》りに包まれる感覚に胸をのけぞらせる。

「それ、って？」

雄大は口内から解放はしたものの、手ではくにくにと茎の皮を扱《しご》く愛撫は続ける。

「口に……入れる、なんて……そんな」

「フェラもされたことねえの？」

したことはあるがしてもらったことはない、と告げれば雄大は意外そうに目を見開き、また嬉しそうににんまり笑う。

「俺がしたいからしてんの。つーか、させてください。お願いします。フェラはできるか不安だったけど、これはできる。妄想の中では見たい、触りたい程度だったけど、いざ見ちゃうとしゃぶりたくなっちゃった。だって渚のチンコってばまさに造形美の極み。型を取って後世に伝えたいレベル。美形はチンコまで美形とか天は二物を与えすぎ」

「もう……何を言ってるんですか」

真面目な顔で絶賛され、恥ずかしいよりおかしくって緊張がほぐれた。

雄大は渚の性器の先端部分を口に含み、高価な陶芸品にでも触れるみたいなそっとした手つきで形をなぞる。

優しくてもどかしい刺激に、背中がぞくぞくする。

「ゆ、雄大さんって、本当に、その……男性とお付き合いしたこと……」

「ないけど、何？　あ、その割に上手いってこと？」

「……はい。すごく、気持ちいい、です」

気持ちをそのまま言葉にすれば、雄大は盛大に喜びを爆発させる。

「マジか！　俺ってば才能あふれちゃってすごいね！　ってか、自分がされて気持ちいいことしてるだけなんだけど」

「それなら、僕もします。僕も雄大さんに気持ちよくなってほしいですから」

「そりゃ嬉しいけど、また今度な。今日のところは俺にさせて。俺のいいとこ覚えてほしいからさ」

ちょっと眉根を寄せた雄大の表情から、元彼に嫉妬《しっと》しているのではと思えたが、そんなことは訊けない。素直に頷くと、雄大はにかっと笑ってまた丁寧に先端から愛撫を開始する。

「あっ、そ、それ……」

軽く咥えて唇で茎を扱きながら、先端の鈴口《すずぐち》を舌先でくすぐられる。

「ここ、気持ちいいよな？」

いったん渚の性器から唇を離した雄大だったが、言いたいことだけ言うと即座に咥え直し、愛撫を続ける。

「き、気持ち……い、です、けど……んあっ、ふ……う……んっ！」

奥まで銜え込んで口をすぼめたり、舌全体で竿《さお》を包み込む勢いでしゃぶられたり、と口内すべてを駆使した愛撫に、渚はあっけなく絶頂を迎えてしまった。

どく、どく、と脈動を感じるほどの射精なんて、これまでした覚えがない。

ぐったりとベッドに沈み込みたいところだけれど、初めて口に出された雄大は大丈夫だっただろうかと頭をもたげれば、残滓《ざんし》を舐め尽くす勢いで先端にキスを繰り返していた雄大と目が合う。

「あの、すみません……僕ばっかり、気持ちよくしていただいて」

「いーのいーの。渚が気持ちいいと、俺も気分がいい。いつも俺によくしてくれる渚を、俺が気持ちよくしてやれたなんて嬉しいし」

「嬉しい、ですか……」

「愛は与え合いだろ？　——なんつって、ちょっと格好つけてみましたー」

照れ隠しにふざける口調も可愛くて愛《いと》おしい。触れたくてそっと手を伸ばせば、その手を取った雄大は手の甲に軽く口付ける。

気障《きざ》な仕草に渚も照れ笑いすれば、雄大も格好つけすぎと思ったのか、へへっと笑う。

「雄大さんとだと、何でも楽しくなります」

「俺も。楽しいことはみんな、渚としたい」

にっこり微笑んだ雄大は、さっき引き出しから出したコンドームを手に取る。

「これ、指に着ければ滑りがよくなるし、爪で怪我《けが》させる心配もなくていいと思って」

コンドームを指にはめて後ろを解して慣らすなんて知識、どうして雄大が知っているのか。

驚いて見つめる渚に、雄大は「こっそりしっかり勉強しました！」と得意げに胸を張る。

「今日は最後まではしないけど、予行練習っていうか……いずれはってことで準備はしときたい。痛くないってのは無理みたいだけど、ほぐしとけば少しはましなんだろ？」

今後のためにやらせてほしいと言われ、次もあるんだと思うとそれだけで嬉しくなる。

「慣らすのは自分でしますから」

「俺が、したいの！」

雄大に手間をかけさせたくないと申し出たが、雄大は袋を破るとジェルが滴るほど絡んだコンドームをするりと自分の指にはめた。

「痛かったらすぐやめる。約束するから」

「……はい。あの、それでは……お願いします」

同意すれば横向きに寝るよう促され、後ろに横になった雄大にお尻を突き出す格好をさせられる。

「力抜いて、リラックスしてろよ」

雄大はいきなりお尻に触れることはせず、コンドームを着けていない方の左手で渚の髪をなで、肩に口付け、と軽いスキンシップで渚の緊張を和らげる。

「ん……ん、雄大、さん。んんっ」

マッサージされてるみたいな心地よさにうっとり目を閉じていると、ぬるりとしたものをお尻の谷間に感じた。

いよいよか、と緊張とそれ以上の期待に身を硬くしてしまったせいか、雄大は力を入れず表面をなでるように手を上下させるだけ。

それだけの刺激でも、好きな人が与えてくれていると思うと身体がびくびく反応する。

「あ、あっ、あのっ……雄大さん……大丈夫です、から」

「ホントに?」

後ろにぴったりと張り付いた雄大は、渚の赤く色づいた耳たぶを食《は》みながら確認し、ぐっと谷間の奥の窄《すぼ》まりへ指を押し当ててきた。

「ん！　あ……はぁ……」

一瞬びくついてしまったが、もう雄大がひるまないよう意識して息を吐いて力を抜く。その意図が通じたのか、雄大はゆっくりとひだをなぞるみたいに指先に力を入れてくる。

「あっ、も……心臓……おかしい……」

頭の血管がどくどくいうほど血が巡って、心臓のポンプが壊れたんじゃないかと心配になるほど、息をしてもしても酸欠状態みたいに頭がぼーっとする。

「雄、大……さん、ゆ、だい、んっ……はぁ」

ちゃんと名前を呼びたいのに呼べないのが何だか悲しくて雄大を見つめれば、舌っ足らずになった渚の唇を、雄大はぺろりとなめてから舌を差し入れてくる。

優しいキスで気を逸らしながら、雄大は渚のお尻の奥に指を這わせ、ゆっくりジェルをなじませながら入れてくる。

ゆっくり奥まで入れられて、それから浅く深く抜き差ししながら中をまさぐられ、痛くはないが異物感に息がつまる。

以前、自分で練習したときのことを思い出して、軽く口を開けて浅い息を繰り返す。

「ん……ふっ、はぁ……」

「前立腺っての、どこ?」

「やっ、わかんないっ、です!　……んっ!　んっー」

自分でやったことはあるが人にされたことはない行為は予測がつかず、息苦しさを覚えて眉間にしわを寄せてしまう。

「ごめんっ、痛かったか?　加減が分からなくて、悪い」

申し訳なさそうな眼差しを向けた雄大は指を引き抜き、労《いたわ》るようにゆっくりと頭をなでてくれる。言葉も声も指先も、全部が優しい。

そっと優しく肩をなでる雄大の手に、自分の手をかさねる。

「今日は、もう……ここまでで」

「そうか……まあ、無理はよくないし」

やはり痛かったかとしょげる雄大に、そうじゃないと慌てて誤解を解く。

「雄大さんが、限界では、と……」

「おお？　あー……だーって、渚の反応が可愛すぎてさぁ」

渚の痴態を見ているだけで興奮状態マックスレベルにまで育ってしまった股間に、雄大は照れを含んだ苦笑いをする。

「今度は僕が、口で……しますね」

大切な人のこんな状態は見過ごせない。自分の手と口で何とかしたい、と思ったが雄大は起き上がろうとする渚を押しとどめて寝かす。

「いやいや。今日はまず、こっちにしたいな」

お尻にキスをされ、もう挿入してくれるのかと思ったら、雄大は渚の太股をぴったりと合わさせてその間に硬い滾りを差し込んできた。

「え？　これ、って……」

「素股ってやつ。したことなかったけど……これも結構、気持ちいいもんだな」

緩い隙間では擦《す》り付けてもそんなに刺激は得られないのではと不安だったが、雄大は渚のお尻や太股を愛しげになでながらゆっくりと腰を使い、時折お尻の割れ目にも擦り付けてくる。

「ん……ん……ゆ、だい、さん……あっ、これ……いい……」

「うん。気持ちいいな」

緩い刺激も繰り返されるとじわりじわりと体温を上げていく。たまに太股の力が緩むと抜け落ちてしまうもどかしさも欲求を高めるスパイスになり、自分から腰を揺らしてしまう。

「あ、あ……雄大、さん」

「渚……お尻も、白くて肌触りも、最高とか……すげぇいい」

いつしか、くちゅくちゅと水っぽい音が混じりだし、雄大の先走りの熱い滑りを感じて肌が粟立《あわだ》つ。

雄大が自分の身体で興奮して、蜜を漏らしている。それだけで嬉しくて心も身体も満たされていく。擦り付けられる度に雄大を感じて愛しさが増す。

気持ちよすぎて腕から力が抜けて、肘《ひじ》をついて前のめりになってしまう。

「渚……気持ちいいのか？　なら、もっとしてやるな？」

「あっあ！　やっ……んっ、んんっ！」

雄大はそんな渚を逃がさないとばかりに覆い被さってきて、さらに身体の密着度が増す。

雄大の腰使いも大胆になり、ぱんぱんと互いの身体がぶつかる音も興奮を高める。

汗ばんだ肌が擦れ合い、表面にぴりぴり電気が走っているみたいに肌が震える感覚。雄大の熱くて荒い息に髪をなぶられ、大好きな人を全身に感じる喜びに喘《あえ》ぐ。

「な、ぎさ……すげー硬くなってんのな」

「ひゃっ、やっ！　あっう……あっ、あ……いいっ」

前に回した手で、反り返るほど滾った軸を扱かれれば、動きに合わせて声が出るのを抑えきれない。

「すげ、いい声。……興奮する」

息を弾ませうっとりとした雄大の声こそ素敵で、どんな顔をしているのか見たくて肩越しに振り返れば、雄大の方も渚の顔をのぞき込んで来る。

快楽にかすんでしっかりと開かない目で懸命に見つめれば、雄大はふわっと優しい笑みをくれ、腰を使って渚を揺さぶり快楽を高めていく。

「……トロ顔もめちゃ可愛いとか……ホントもう、最高！」

「ゆ、だいさ……ゆう……あっ、も、駄目っ、もう……」

「うん……もう、俺も、もういきそ……っ、可愛い、渚、な、ぎさ」

「んっあっ、あ！」

耳元で余裕のない熱い声で名前を呼ばれ、一気に前を扱くペースも上げられると、腰の奥で疼いていた熱が一気に先端に集まったかのように爆《は》ぜた。

余韻にひくひく戦慄《わなな》く双丘に、雄大はぴったりと自分の硬い滾りをあてて擦り付ける。

「渚……っ！」

びくんとした胴震いを感じると共に背中に熱い迸《ほとばし》りを感じ、背中に出されたのを知る。

「ん……雄大、さん」

ゆるゆると腰を使いながら倒れ込んできた雄大の汗ばんだ髪を、後ろに回した手で梳《す》く。

気持ちよかったけれど、結局挿入してくれなかった。一抹《いちまつ》の寂しさを感じて見上げれば、雄大はばつが悪げに髪をぐしゃぐしゃにしながら頭をかく。

「そんな不満そーな顔すんなって。ほんっと、もー、かっわいーんだから」

「でも……あれでは、雄大さんは物足りなかったんじゃ……」

「男の渚を、精神的にだけじゃなく、肉体的にも愛せるって分かっただけで大収穫だわ」

これまで女性としか恋愛経験のない雄大は、男同士で肉体関係を持てるか、という部分に多少の不安があったようだ。その不安が解消されて、晴れやかに笑う。

「ちゃーんと愛を感じたから大満足」

「雄大さんはいつだって僕のことを大事にしてくれて……大好きです」

「好き、でいいのか？」

「はい？」

「俺としては、愛してるの方がしっくりくるんだけど」

「えっ、そ、んな……」

そんな嬉しい言葉をもらえるなんて。夢にも見たことがない幸せに、言葉も出なくてただぱくぱくと口を動かす渚に、雄大はいつものきらきらした少年みたいな眼差しで見つめてくる。

「いや？　愛してるとか、重すぎたか？」

「もう……今日が世界の終わりでもいいです」

それくらい幸せだ。けれど雄大は、駄目駄目とおでこをくっつけてにやりと笑う。

「まだまだ！　これからもっともっと幸せにしてやっからな！」

目の奥がつんと痛くなって、零れそうになった涙をそっと人差し指でぬぐわれ、その手に頬ずりする。

「雄大さん……」

「お楽しみは厄介ごとが片付いてからだ。それから、じっくり完全に俺のものにする」

自分もそうなりたいと思う。だから、斉藤とのことは自分で解決したい。

「自分の問題ですから、自力で何とかします」

「二人の問題だろー。もう恋人同士なんだからさ」

もっと頼ってほしいと優しく髪をなでられて、嬉しくてほわっと温かくほぐれる心をきりりと引き締める。

「だけど、自力で何とかできなければ、僕は大馬鹿野郎のままだと思うんです」

あんな人を好きになった馬鹿な自分を振り切り、身も心も雄大のものになりたい。

きっぱりと言い切れば、雄大は眩しげに目を細める。

「ヤダ、渚ちゃん格好いい。惚れ直しちゃう」

「幸せは、いつかなくすものと思っていました。だけど、今の幸せはなくしたくないです。どんなことをしても、絶対に」

過去は変えられないけれど、振り切ることで未来へ進める。

雄大との未来のために、過去の自分と対決したい。

「幸せだと、思ってくれてるのか？　こんな俺の側で」

「今まで生きてきた中で、今が一番幸せです」

大げさでも何でもなく、心からそう思う。偽りのない笑顔で告げれば、雄大はさらにいい笑顔を返してくれる。

「そんな嬉しいこと言われたの、俺も生まれて初めてだ。俺も幸せー」

ぎゅうっと抱きしめられ、自分も雄大の背中に腕を回して抱きしめ返してみる。

——すごくすごく、気持ちいい。

もう骨っぽさを感じることのない背中。この身体が、自分が作った料理でできていると思うと、胸が苦しくなるほど嬉しい。

「雄大さんに、もっともっと美味しい物をたくさん作ってあげたいです」

「嬉しいけど、太っちまうな」

「大丈夫ですよ。お散歩大好き、遊ぶの大好きなあの子達がいれば運動不足とは無縁ですから」

「そうだったな。みんな、みんな、一つでも欠けちゃいけない家族だ。渚が栄養つけて、ローズが運動させて、ポポとワタゲは……いるだけで可愛い癒やし担当か？　とにかく！　みんながいてくれるおかげで今の俺があんのよ」

誰が欠けてもいけない。みんな一緒に幸せなりたい。

そのために、戦わなくては。

流されるばかりだった人生で、渚は初めて反撃ののろしを上げることにした。


寝室からお風呂、お風呂からリビングまで、ずっと横抱きで移動させられ、現在もソファに座る雄大の膝の上に抱きかかえられているという状況が、恥ずかしくも嬉しい。

別に身体に負担のかかる行為はされなかったし、とにかく気持ちいいばかりだったから平気だと言っても雄大が放してくれなくてそうなった。

ずっと天国の雲の上にいるみたいにふわふわした気分だったが、リビングのソファに腰掛けても幸せはさらに続く。

ローズは雄大の脇腹にべったりとくっつき、ポポとワタゲは渚の膝の上、とソファの上が犬渋滞状態なのも嬉しい。

「大丈夫か？　ワンコたち、重くないか？」

「はい。雄大さんこそ」

「俺は平気。つーか、幸せの重みを噛みしめてる」

渚も幸せすぎて頬が緩めば、後ろから雄大にほっぺたにキスをされ、幸せすぎてほっぺたが落ちそうだなんておかしなことを考えてしまう。

けれど今は、デレデレしてばかりもいられない。

「血統書も、出て行くときに持って出ていればよかった……」

あったことすら知らなかったのだが、血統書を持って出ていれば付け入られることはなかったと思うとつくづく残念だ。

自責の念に駆られて俯けば、雄大は渚の髪をなでるみたいに頬ずりをする。

「まあこんなことになるとは思わないから、仕方ないさ。んで――その最低な元彼のことについて情報をもらえっかな？」

雄大にたくさん愛してもらって幸せな余韻のなか、斉藤のことなど思い出したくはなかったが、対策を練るにはまず敵を知らねば、という雄大のもっともな意見に従わざるを得ない。

さらなる幸せへの道を二人で切り開くのに必要な試練だ、と知っている限りの斉藤のプロフィールと性格を伝えた。

「はー……渚の元彼が『健康王子』だったとはねー」

雄大もテレビショッピングや雑誌の広告で見て、斉藤春馬《はるま》のことを知っていた。『うさんくさそう』と思ってたけど正解だったか、と自分の洞察力を褒める。

「でもまあ、渚みたく真面目で大人しいタイプが、ああいう自信満々の奴に押し切られて付き合っちゃうってあるあるだよな」

「すみません。僕が馬鹿だったんです」

「いやいや。社長が社員に手を出すとかあり得んだろ。しかも頼る家族もいない新社会人をたぶらかすなんて、全面的に向こうが悪い！」

どんなに馬鹿にされさげすまれても仕方がない愚か者だった自分を、少しも責めずに丸ごとにかばってくれる。雄大のまさに『雄大』な愛情に、馬鹿だった自分を許していいのかもと思えた。

「ああいう自信家は足元をすくわれると総崩れになっから、一気に攻めた方がいいだろうな」

「そうですね。早くケリをつけたいです」

斉藤は自信家でいつも渚を見下していたから、反撃してくるとは思っていないはず。

大人しく従うふりで隙を突き、「犬を捨てた」と斉藤の口から言わせて録音できれば、それを盾に所有権を主張できるだろうと計画を立てた。

——四日後、計画に必要な準備が整ったところで、斉藤に今後の予定を立てるために会いたい、と連絡して約束を取り付けた。

奥さんはすでに実家へ帰っているそうで、話し合いには斉藤の部屋を指定された。

だが密室で二人きりにはなりたくなかったので、斉藤のマンションの地下駐車場で話をつけようと、そこで待ち伏せることにした。

雄大も同席すると言ってくれたが、第三者がいれば斉藤は警戒して迂闊《うかつ》なことは言わないだろう。

雄大にはマンションまで車で送ってもらい、近くで待機してもらうことにした。

「ヤバそうだったら、すぐ駆けつけてやるからな」

「はい。大丈夫です」

言質《げんち》を取るため用意した、ジャケットの胸ポケットに挿したボイスレコーダーのスイッチをオンにし録音を開始する。

さらに念のため、斉藤との会話が雄大にも聞こえるよう、スマートフォンを通話状態にしてジャケットのポケットにしまう。

これで離れていても雄大と繋がっている安心感がある。

とはいえ、失敗できないという責任感はプレッシャーとなってのし掛かり、やきもきした気持ちで斉藤の帰りを待つ。

コンクリート打ちっぱなしの地下駐車場は殺風景で薄暗く、気分が滅入《めい》ってくる。

ただひたすら待っていると時間の進みはやけに遅くて、雄大と電話で話をしたい気持ちになったが、緊張感が途切れてはいけないので会話はしないでおこうと二人で決めていた。

約束していた十九時を十五分ほど過ぎた頃、ようやく斉藤の黒の高級スポーツカーが駐車場に滑り込んできた。

「こんなとこで待ってたのか」

駐車スペース横の柱の陰に立つ渚に気づき、斉藤は遅刻したことを謝るでもなくゆったりとした足取りで近づいてくる。

久しぶりに会う斉藤は、結婚して少しは落ち着いたかと思ったが、独身時代と変わらずブランド物のカラフルな柄シャツに黒のジャケット、と派手な格好だった。

商売道具の顔も相変わらず。一般人にしては白すぎる歯にきっちりと整えた眉毛、ワックスで無造作風にびしっと決めた髪も、すべてが作り物めいている。

何だか現実感がなくって、少し落ち着けた。

「部屋で待ってりゃよかったのに」

「鍵《かぎ》はもうお返ししてましたから」

「ああ、そうだった。んじゃ、行くか」

「いえ。すぐすむ話ですから、ここで結構です」

部屋へ行こうと歩き出す斉藤を呼び止め、その場で話を始める。

「ハウスキーパーとして働きますから、お給料の代わりにポポとワタゲをください。赤ちゃんにアレルギーが出なければ犬はもういらないから、また前みたいに保健所に連れて行くとか言い出すんでしょう?」

「給料が犬ですむなら助かるな」

「ちゃんと血統書もくださいね。もう保健所に捨てようとした犬を返せなんて脅されるのはごめんです」

「脅すなんて、人聞きが悪い言い方すんなよ」

薄ら笑いを浮かべる斉藤は、本当に悪いと感じていない。使えるコマは使って何が悪いとでも思っているのだろう。この調子では、いつまた利用しようと近づいてくるか分かったものではない。

斉藤の口から「犬を捨てた」とか「今度こそ保健所に連れて行く」とか、すでに一度捨てたと分かる言葉を言わせて録音したい。

もう二度とこんな男に振り回されないために、必死で食い下がる。

「血統書だけじゃなく、犬を譲渡するって書面にも一筆書いてほしいんです。実際のところ、斉藤さんが捨てたあの子達は、もう僕の犬なんですから」

「分かった。犬が必要なくなったら、血統書と一緒に譲渡書でも何でも書いてやるよ」

「今、書いてください。僕がいない間に、勝手に保健所に連れて行かれたりしたらかないませんから」

「……やたら絡むな。何を企《たくら》んでる？」

「企むなんて……ただ、もういきなり捨てられたくないから自衛してるだけです」

じっと探る眼差しで見つめてくる斉藤から目を逸らせば、ずいっと近づいた斉藤は、渚のジャケットの胸ポケットに挿してあったペンを素早く抜き取る。

「ふーん、録音して俺を脅そうって魂胆か」

実際にペンとしても使えるようにできていて見た目はただのボールペンだが、渚は今までペンを胸ポケットに挿していたことなどなかったので、ボイスレコーダーと気づかれたようだ。

「あっ、返してください！」

「こんな見え見えの小細工しやがって。やっぱおまえ、いいのは顔だけだな」

斉藤は奪ったボイスレコーダーを地面に叩き付け、さらにガツガツと踵《かかと》で踏みつける。

小さな部品が散らばって、ボイスレコーダーは完全にこわれてしまった。

「なんてことを……」

呆然《ぼうぜん》と俯く渚を、斉藤は口の端を上げて鼻で笑う。

「俺はおまえみたいに馬鹿な連中を騙《だま》くらかして儲《もう》けてるんだ！　馬鹿の扱いは心得てる。まあ、おまえ馬鹿だけど顔はいいから、また楽しませてもらうのもいいな」

下卑《げび》た笑いに反吐《へど》が出そうだが、ぐっと堪えて冷静に拒絶する。

「……もう二度と、あなたに弄《もてあそ》ばれるのはごめんです。好きだと言ってくれたからしたことで、愛されてもいない相手と寝るなんて、絶対にごめんです」

「生意気な口を利くようになったじゃないか。犬ころがどうなってもいいのか？　あいつらを殺処分されたくなかったら、大人しく奴隷《どれい》になっとけ」

「クズが渚に気安く触れんじゃねーよ！」

ガッと髪を摑んで顔を近づけられ、キスしてきたら噛み付いてやると意気込んだその時、聞こえた声に動きも思考も停止する。

「な、んだ？　誰だ！　おまえ」

「雄大さん！」

雄大の声は、ポケットにしまったスマートフォンからではなく背後から聞こえた。

驚いて振り返れば、雄大は地下駐車場からエントランスへと続くエレベーターホールから姿を現した。

「大丈夫か？　渚」

雄大は、「近くで待ってる」と言ってくれていたが、近すぎだろう。

おまけに、肩にはテレビ局のカメラマンが持っているような大きなカメラを担いでいる。

地下駐車場への入り口は一つで、そこは斉藤を待つ間ずっと見ていたが誰も通らなかった。

マンション内部からここへ下りるには、セキュリティカードがなければ動かないエレベーターを使わなければならないのに。

どうしてここに？　そのカメラはどこから？　と疑問が頭の中でぐるぐるするが、身体は雄大に向かってまっすぐに走り出す。

「雄大さん！」

目の前までくると、左腕を伸ばした雄大にぐっと抱き寄せられ、そんな場合ではないのに胸にもたれかかってしまう。

まだ油断しちゃいけないという気持ちを蕩かすように、雄大は抱き寄せた渚の頭をなでる。

「よしよし。よくがんばったな」

「あの……そのカメラは？」

「こんなこともあろうかと、映像作家の友達から借りてきたんだなぁ。さっきの会話、すげえ高画質で音声もばっちり撮れたぜ」

「なっ……さっきの、って……」

突然現れた男の存在とその言葉にたじろぐ斉藤に、雄大は余裕の態度でにやつく。

「『馬鹿な連中を騙くらかして儲けてる』の箇所は、是非ともお宅の顧客の皆さんにお聞かせしたいね。渚の方も撮れてるだろ」

「あ……はい。おそらく」

さっき壊されたペン型ボイスレコーダーは、ああなることを前提としたダミー。

本命の録音機器は、肩からかけた鞄の中。鞄のマチの部分に穴を開け、そこから小型カメラで動画撮影をしていたのだ。

録音機器を壊して言質を取られる心配がなくなれば、油断してぺらぺらしゃべるだろうと予想したのだが、おもしろいほど上手く引っかかってくれた。

「渚に対する暴言に、器物損壊もついたから警察沙汰《ざた》にもできるよな」

「警察だと？　あんな安物のレコーダーくらいで」

「たとえ十円の物でも、人の物を壊せば器物損壊だ」

ただ暴言を吐かれたくらいで警察は動いてくれないが、器物損壊で被害届を出せば捜査してもらえる。立件されても大した罰は与えられないだろうが、会社の顔の『健康王子』が警察沙汰の騒ぎを起こしたなんて世間に知られれば、それなりにダメージを食らうだろう。

何より、さっき録画した画像をネットで拡散されれば大炎上間違いなしだ。

データを奪おうにも、二対一では分が悪いと諦めたのだろう。斉藤は苦々しげに渚と雄大を睨み付ける。

「金を払えばいいんだろ！　いくら欲しいんだ。この強請屋《ゆすりや》共が！」

「お金の問題じゃありません！」

「馬鹿が。金を払ったら罪が消えるってもんじゃねえだろ。反省しろ、反省を」

金目当てで難癖をつけてきたみたいに言われて渚は頭に血が上りそうになったが、雄大は馬鹿馬鹿しすぎて怒る気にもなれないようで飄々《ひょうひょう》と受け流す。

「けどまあ、穏便に話をつけたいってんなら、のってやらんこともない。金はいらんが、おまえが捨てたポポとワタゲをもらおうか。——それから、二度と渚に関わるな」

最後の一言の力強さに、二の腕の辺りがぞわりとした。

いつも明るい雄大が、こんな鋭い声を出すなんて。

斉藤も、刃物でも突きつけられたみたいに身体を強張らせる。

「……ああ。分かった。それでその録画したデータを全部寄越すなら、な」

「よし。交渉成立だな」

後は俺たちの知らないところで幸せにでも不幸にでもなればいい、と興味のないことにはすぐ無関心になる雄大は、さくさくと斉藤と縁を切る算段をする。

「んじゃ、ポポとワタゲの血統書と譲渡証明みたいなもんを一筆もらおうか。それで、お互い今後一切関わらないってことで」

「それでいいが、データのコピーがそっちに残ってないと証明できるのか？　弁護士を立てて正式に書類を作らせろ。もしもデータが流出でもしたら、損害賠償を請求するからな」

斉藤は、企業法務系で大手の法律事務所所属の弁護士を顧問にしていることを自慢にしていた。この件も、自分が有利になるよう取りはからってもらえると踏んだのだろう。

余裕を取り戻したのか薄ら笑いを浮かべる斉藤に、雄大も意地悪く微笑み返す。

「おお、いいぞ。お宅の会社の顧問弁護士って宮崎聡《みやざきさとる》先生なんだって？　俺が世話になってる上条《かみじょう》先生と知り合いだから、話は早いだろうな」

「上条、というと……まさか」

「上条孝夫《たかお》。宮崎先生の出身大学の法曹会会長だから、よく会ってるだろうし」

大学の法曹会会長というのがどれほどすごい人なのか渚にはよく分からなかったが、斉藤の顔から余裕が消えているのを見ると、ずいぶん立場が上の人なのだろうと想像がついた。

「そんなすごい弁護士さんにお願いしたら、すごくお金がかかるんじゃ……？」

自分のことで雄大にお金を払わせられないから、自分で支払わなければ。どれくらい必要なんだろうと心配になったが、雄大は心配無用と笑う。

「上条先生は、高校時代の友達の親父《おやじ》さんなのよ。孝明《たかあき》も漫画好きだったんで、よくあいつんちに勉強しに行くっつって漫画読みに行ってたから顔合わせることがあってな。『何かあったらいつでも相談に来なさい』って言ってもらってんの」

雄大の家では父親が漫画を禁止していたが、孝明の家では息抜きは必要と許されていたので読ませてもらいに行っていた。

孝明の父親の孝夫は、内気で友達を家に連れてくるなんてほとんどなかった息子と雄大が仲良くしてくれたのが嬉しかったようで、やたらと気に入られたそうだ。

「高校で楽しかったのは、孝明と漫画読んだりイラスト描き合ったりしてた時だけで暗黒の時代だったけど、あの過去のおかげで渚を守れるなら、無駄じゃなかったって思える」

勉強ばかりで辛い高校時代を過ごした苦労が実を結んだってとこか、と雄大は大げさに感慨深げな顔で渚を見つめる。

「雄大さんには、本当に助けてもらってばっかりで……」

「いいのいいの。もっとどーんと頼っちゃってー」

自分を無視して見つめ合う二人の関係が恋人同士と気づいた斉藤は、何故だか雄大を見下したかのような薄ら笑いを浮かべる。

「そんな顔がいいだけのつまらない男に入れ込んだって、何の得にもならないぞ」

自分が捨てた渚には何の価値もないと思っているのだろう。

渚自身も自分が雄大にこんなに大事にしてもらえる人間とは思えなくて、ずんと肩が重くなり、言い返す言葉もなく無機質なコンクリートの床を見つめてしまう。

俯いた肩をぐいっと抱き寄せられて顔を上げれば、雄大は渚を愛おしげに見つめて微笑みかけてくれる。

見ているだけで心が温かくなる笑顔に、つられて口角が上がる。

自分なんかをどうしてこんなきらきらした目で見てくれるのか分からないけれど、それにふさわしい人になりたいと思えて顔を上げることができた。

「雄大さんの健康管理をして、お役に立っています！　……その程度のことしかできませんが──」

「その程度じゃねーだろー」

あまりのしょぼさに言ってる途中でまた俯きそうになった渚を、雄大は腕の中に抱き込んで頭に頬ずりしてくる。

「世話焼きで可愛くてやさしくて、蕩けたマシュマロみたいに甘くて美味しい、最高の恋人だ」

甘すぎるほどの褒め言葉は恥ずかしいけれど、言葉にしてもらえるのは嬉しい。

嬉しいやら恥ずかしいやらでどんな顔をしていいのか分からず俯けば「かんわいいなぁ、もう」なんて感極まった声でさらにぎゅうっと抱きしめられて、ますます恥ずかしくて耳まで熱くなる。

「さっ、とっとと帰ってイチャイチャしよう」

「ゆ、雄大さん！」

唇が触れそうなほど耳元近くで囁《ささや》かれ、顔を上げれば楽しげに微笑む雄大と目が合う。このきらきらした眼差しと、見つめ合えるだけで幸せだと感じる。

「ん？　何だ、ここでしたい？」

「ちょ、ゆう、だい……んっ……ダメっ、です」

もはや耳朶《じだ》を甘噛みしながら言う雄大の頬に手を当てて押しのけるが、腕の中から逃げる気はない。それどころか、カメラを置いて両手で抱きしめてほしいと思う。

「……早く帰りましょう」

犬たちが待つ雄大の部屋。そこが自分たちの帰る場所。

帰ってゆっくり続きをしたいと腕のなかから目で訴えれば、雄大は「だな」と小さく微み、目の前でいちゃつくバカップルに呆然となっている斉藤に、面倒くさそうに視線を向ける。「ま、こういうわけで、今の渚にゃ、渚のためならなーんでもしちゃうしできちゃう立派な恋人がいるんで、そっちはそっちで嫁さんを大事にしてやれ。あ、それから赤ちゃんのアレルギー対策の話は、犬飼った程度じゃ無理とか動物園に連れてくのがいいとか諸説あっから、ネット情報を鵜呑《うの》みにしないでちゃんとした病院の先生に相談しろ」

アレルギー対策のためだけに、安易に犬を飼わないよう釘を刺してくれたのにほっとする。ポポとワタゲの代わりに不幸になる犬が出てほしくない。そこまで考えてくれる雄大の優しさに、改めてこの人を好きになってよかったと思えた。

斉藤なんてもう目に入らない。

早く二人で、ポポとワタゲとローズの待つ家へ帰りたい。

後はお互い不愉快な思いをしないよう、以降の話はすべて弁護士を通すことにし、斉藤に背を向けて一度も振り返らずにその場を後にした。

左肩にカメラを担ぎ、右手ではしっかりと渚の腰を抱いた雄大が向かったのは、エントランス脇の来客用の駐車スペース。そこに雄大の車が駐《と》まっていた。

「ちゃーんと許可もらってるから、心配すんな」

勝手にマンション内に不法侵入したりしたのだろうかといぶかる渚に、雄大は違法なことはしてないから安心しろと胸を張る。

斉藤に気づかれないよう、雄大は渚にも知らせず周到に準備をしていたのだ。

マンションのオーナーに、デザイナーの青山雄大としてコンタクトを取り「インスピレーションを刺激する素晴らしいデザインのマンションを取材させてほしい」と頼んで、撮影許可と一日だけ使える来客用のセキュリティカードをもらっていた。

そうして、渚と別れてすぐカメラを担いで堂々とマンション内部から地下駐車場へ下り、渚と斉藤のやりとりを撮影したという。

「どうして言っておいてくれなかったんです！」

「敵を欺《あざむ》くにはまず味方からって言うだろ。渚は隠し事とかめちゃ下手そうだし」

「う……それは、まあ……」

ぐうの音も出ない正論に、恨めしい眼差しを送るしかなくなる。雄大が近くにいてくれると思ったら、そちらを見たり不自然な行動を取って斉藤に疑われていたと自分でも思う。

「何より、俺が渚の側にいたかったんだ」

「……雄大さん」

この言葉はずるい。叱られたときのポポみたいな上目遣いで見てくるのもずるい。全部許して抱きしめて、なでなでしまくりたい。

だけど公共の場でそれはいけない、と理性でブレーキをかける。

「とにかく、帰りましょう。話はそれからで」

帰る家と、一緒に帰れる人と、待っていてくれる存在がある。

ずっと欲しかったものを、すでに手に入れていたなんて。

運転席と助手席に別れる、ほんの数秒すら寂しい。車に乗り込めば、また見つめ合って何がおかしいのか分からないけど互いに微笑む。

「んじゃ、帰るか」

「はい」

前は死にたいほど絶望的な気分で離れた斉藤のマンションから、今は天にも昇るほど幸せな気分で恋人の運転する車に乗って離れた。

◆

うちへ帰ると、留守番をしていたワンコたちから盛大な『おかえり攻撃』をくらう。

雄大と渚の二人がそろって出かけることは少ないうえに、今日の自分たちは緊張してぴりぴりした雰囲気だったと思う。そんな二人が上機嫌で帰ってきたのだから、犬たちもつられてテンションが上がったようだ。

「もう何にも心配ないからね」

「よかったな、ローズ。これでワタゲとポポと、ずーっと一緒にいられるぞ！」

駆けよってくるポポとワタゲを、床に膝をついてしっかりと抱きしめる。雄大は後ろ脚で立ち上がったローズと抱き合い、ダンスするみたいに左右に揺れていた。

犬たちと離れがたい気持ちはあったけれど、申し訳ないが二人きりになりたい理由がある。

ひとしきりボールで遊び、おやつでご機嫌取りをしてから二人で寝室へ向かう。

「疲れたか？」

「少し。だけど、何だか清々《すがすが》しい気分です」

まだ弁護士さんにお願いしたり色々しなければならないことはあるけれど、ひとまず片はついた。

ポポとワタゲは名実ともに自分のものになるし、自分も晴れて雄大のものになれる――。

そう考えただけで頬が熱くなる。

最初に触れ合った日の翌日に、早速ローションを購入して毎晩睦《むつ》み合ってきた。だけど雄大は「片がつくまでは最後までしない」という宣告通り、身体を繋げるところまではいかなかった。

――今日は、するんだろうな。

不安より、期待してしまう自分に照れて俯けば、頬に手を添えられて上向かされる。

「……渚」

「雄大、んっ……」

性急に抱きしめられて顔中にキスの雨を降らされ、がっつかれるのは嬉しいけれど、今日は緊張して冷や汗をいっぱいかいた。今も、キスされただけで体温が上がったのか汗ばんでいる感じがする。

「待ってください……シャワー、浴びたいです」

「後でいいだろ」

何の後？　なんてわかりきったことは訊けなくて口をつぐめば、前髪をかき上げられて、おでこに頬に鼻の頭に、とまた雄大はせわしなくキスをしてくる。

「雄大、さん……」

「ん？」

「ん？　って」

一番キスしてほしい場所を分かっていて外している。いたずらな眼差しに、ほしいものは自分から求めていけばいいと教えられる。

「雄大さん。大好きです」

自分から雄大の頬に手を添えて唇にキスすれば、雄大はよくできましたとばかりに目を細めて微笑む。微笑みから僅かに開いた口内へ招き入れられ、恐る恐る舌を差し入れる。

いつも自分の料理を食べてくれる雄大の舌を味わっていると思うと、おかしくて、嬉しい。

「う、ん……っ」

キスを繰り返すただそれだけで、ローズの全力疾走に付き合ったとき並みに息が上がる。

身体の芯からぐずぐずに溶けたみたいに力が入らなくなった渚を、雄大は抱きしめてベッドへ横たえる。

今日はもったいぶらずに、はぎ取る勢いでシャツを脱がされるのも嬉しくて、渚も雄大のトレーナーをたくし上げて素肌を露わにする。

互いに脱がせ合って、直接肌を感じられるようになったのが嬉しい。のし掛かってくる雄大の髪を梳くようになでれば、雄大はその手に自分の手をかさねて唇へと誘う。手のひらに、指に、唇と舌を這わされ、ざわざわと身体の内側から体温が上がっていく感覚に襲われる。

「渚が俺のものになってくれるなら、渚の欲しいものは全部俺がやる。何がほしい？」

「……じゃあ、雄大さん」

「うん？」

望みのものを言ってみたのに、通じなかったのか首をかしげられてしまう。

渚が何をほしがるのか聞きたくってうずうずしていると分かる、好奇心いっぱいの表情が愛しくて頰が緩む。

首をかしげる雄大の頰を両手で挟み込み、しっかりと視線を合わせる。

「だから、雄大さんですってば」

「――いきなり最終奥義でとどめさすの禁止！」

言葉が脳にまで届いて意味を理解するのに時間がかかったのか一瞬間があって、それから目を見開いた雄大は、可愛すぎて死ぬかと思ったと大げさに胸を押さえる。

「俺はもうおまえのだろ」

「そうなんですか?」

「今の俺の身体は、ほとんど渚の作ったもんでできてるし、心も渚のことでいっぱい」

「それじゃあ、僕も雄大さんでいっぱいにしてくれますか?」

「もちろん! 今日は挿れるぞ」

「えっ、そ……そういう、意味では……」

「違った? 挿れない? まあ、それでもいいけど」

挿れなくても気持ちいいから大丈夫、と気遣ってくれる雄大とだからちゃんと繋がりたい。

「いえ、その……違わない、です。その……挿れ、て……ほしいです、けど」

直接的な言葉が恥ずかしくてなかなか言えなくて俯けば「かんわいぃーなぁ」なんてデレデレににやけた顔で抱きしめられ、さらに恥ずかしくなる。

赤くなっているのだろう耳を軽く食まれて快感に震えれば、吐息みたいな声で囁かれる。

「怖い？」

「怖い、というか……ちゃんとできなくて雄大さんをがっかりさせたらと……不安です」

「できないことはできなかった、でいいじゃん。何でできなかったか、どうすればできるか、は後から二人で考えればいいんだし」

「できなくても……いいんだ」

そういうの考えるのも楽しいから好き、と前向きな雄大に目から鱗《うろこ》がぽろぽろ落ちた。

自分も前向きに挑めるにはどうすればいいのか、考えてみる。

「じゃあ……その、ちょっと緊張してるから……手を、握ってもらえますか？」

「何それ、可愛い！　可愛すぎて心臓痛い！」

手を握られたが、それだけでは足りなくて指を絡める恋人繋ぎにしてみれば、さらに追加で「可愛い！」を言いまくられた。

触れ合うことで伝わる体温、相手の息づかい、何もかもが愛おしい。

手を繋いでいると片手が使えない分、互いに協力し合って身体を繋ぐ準備をする。

腰に枕を当ててお尻を浮かせ、自分から大きく足を開く。

見せつける格好は恥ずかしかったが、それを見た雄大が「すげぇいい」と生唾《なまつば》を飲むのが分かって、雄大を喜ばせることができるなら恥ずかしいなんて些細《ささい》なことに思えた。

「若木みたいにしなやかで硬くて……最高に格好いい。素敵だ」

「あの、えっと……そんなことは、ないかと……」

男性器なんて格好いいと形容するものでもないし、見とれる箇所でもないと思うが、美的センスも感性も人それぞれ。特にデザイナーなんて美的な仕事をしている雄大の感性を、否定するのも悪い気がする。

それに何より、雄大からうっとりと見つめられるのも甘い言葉をもらうのも、嬉しい。

「んじゃ、始めっけど、無理なら無理って我慢せず言ってくれよ？」

「はい。雄大さん……」

渚の上に覆い被さってきた雄大は、とろりと垂れるほどジェルをつけたコンドームをはめた指で、渚のお尻の谷間をなでる。窄まりにたどり着けば、ぐっと強く押し当てられる。それを何度か繰り返されれば、自然と指が中へ入ってくるようになる。

「ん！　あっ！　……ふ……」

「渚……大丈夫か？」

時折、前立腺に指が当たるのか、ふいに身体が跳ねるのを制御できない。その度、雄大は手を止めて渚の首筋や胸の突起にキスしたり頬ずりしたりして落ち着かせてくれる。

指を増やされても、根気よく慣らしてくれたから違和感はあったがもう痛みはなくて、もっと深くまでほしくなるほど気持ちいい。

「雄大、さん……も、大丈夫……ですから」

「うん……めっちゃ蕩けて、いい感じっぽい。けど無理ならすぐやめるから、言ってくれよ？」

思い遣《や》ってくれる、その言葉がすでに気持ちいい。

「過保護ですね」

「そーかぁ？　大事な人を大事に扱うなんて、当たり前のことだろ？」

言葉通り、ゆっくりと渚の中から指を引き抜くと、またキスから始めてくれる。

けれど太股に当たる雄大の性器は反り返るほどで、見ているこちらが辛い。

「雄大さん。……もう準備も覚悟もできてますから」

臨戦態勢の己の股間に、雄大は申し訳なさげにがっくり項垂れる。

「こういう余裕ない自分って嫌い……」

クズ男にひどい目に遭わされていた渚を気遣い、紳士的に扱おうとしてくれた、その気持ちだけで泣きそうになるほど嬉しい。

喜びを伝えたくて、雄大の頬をなで、自分の方へ引き寄せる。

「僕は……好きです。美味しいものをガツガツ食べているときの幸せそうな雄大さんを見てるみたいで……僕も美味しく食べてほしい、です」

「渚……もう、ホントに可愛くって、大好き！」

ぎゅっと抱き付かれ、目の前にある雄大の耳たぶにそっと歯を立ててみる。

「んっ！　何だー？　噛み噛みしてくるとは、悪い子だ」

顔を上げ、噛み付いた渚の唇をなぞっていたずらに笑う雄大に微笑みかけ、唇に触れる雄大の指をぺろりとなめる。

「渚……それ、エロい……」

「僕も……雄大さんを気持ちよくしたい、です」

ごくりと雄大ののど仏が大きく動いて、その動きの方がエロチックに見えて興奮する。

「雄大さんが、気持ちよくなってるとこが見たいです」

「可愛くてエロいとか……最強すぎてもはや尊い」

渚の誘いに白旗を掲げた雄大は身体を起こし、はち切れそうなほどに滾った性器にコンドームを装着しようとするが、たっぷりのジェルで滑って上手く着けられないようだ。

「あー、もう……ちょっと待てよ」

「待てないです！」

新しいコンドームの封を切ろうとする雄大に抱き付いて引き倒す。

「早く……雄大さんのものになりたいです」

「渚……俺も、渚が丸ごと全部ほしいよ」

隙間がないほどしっかりと抱き合ってキスして、その合間に見つめ合える幸せに、いつまでもこうしていたいと思ったが雄大は渚を置いて身体を起こす。

「あ、雄大、さん？」

「悪い。……けど、ここで暴発という事態だけは避けたい」

やけに深刻な眼差しの雄大に、股間の事情を思い出す。

渚の足を広げさせた雄大は、渚の片足を持ち上げてキスしながら、繋がる部分に性器の先端をあてがう。

「んっ、あ！　ゆ、ゆう、だいさん……？」

「うーん……渚の最高級品と並べるのは緊張するね」

「な……もう。何、言ってるんですか」

雄大は笑顔で軽口を叩き、渚のお尻の割れ目や反り返った裏筋に、張り詰めて熱い性器を擦り付けたりして、渚の身体だけではなく心がほぐれるよう苦心してくれる。

笑顔になれば、身体の力も自然に抜けて、そのうちにお尻の谷間を前後していた先端が、窄まりの中まで入ってくるようになった。

「やっ、あ！　あっ、は……ん……」

先端を飲み込めば、雄大はカリの部分を引っかけるようにして繋がった部分を擦る。

指で慣らしてもらったけれどやはり太さというか質感が違うのか、雄大が腰を進めると、ぐうっと押し上げられる感覚に息がつまる。

「あ……くっ……」

息の仕方を忘れたみたいに意識しないと息ができないほど苦しいのに、唇は微笑みの形になる。身体は辛くても、心は喜んでいると感じた。

「渚？　いた――」

「痛くっ、ない……です。やめちゃ、や、です……」

汗で額に張り付く前髪を梳きながら気遣う雄大に、先回りで「痛くない」と伝えると、雄大は眉根を寄せつつ口の端を上げる。

「分かった。やめねえから。つーか、もう、やめらんない」

「んっ、あ！」

ずぐっと中程まで押し込まれて、それから緩い抜き差しを繰り返される。

抜き差しに合わせてくちゅくちゅとぬめった音がして、何故だか恥ずかしい。

どうなっているんだろうと気になって混濁する頭を何とかもたげると、覆い被さってきた雄大にキスをされる。

「渚……可愛い。声も、顔も……身体も、全部」

「あっ！　そ、そこ、は……」

張り詰めた性器を雄大の大きな手で握られ、ぬめった感覚に自分が先走りを漏らしていたことを知る。

「や、ごめ、なさい……」

「何？　俺のチンコ突っ込まれるの、気持ちいいってことだろ？」

すげー嬉しいと目を細めた雄大は、腰を使いながら手で渚の前を愛撫し始める。

「中……うねってめちゃくちゃいい感じ。締め付けきつくて中はとろふわとか……最高」

「あっ、あー、はっ……んっ、あ……っく」

脈打つほど熟《う》れた茎を手で扱かれながら、腰を使って穿《うが》つように身体を打ち付けられると、意識しなくても声が漏れる。声が出るばかりで息が吸えなくて、息苦しさに喘ぐ。

そんな渚に、雄大は眉間にしわを寄せて動きを止めた。

「はぁ……渚……きついか？　やっぱ、やめ――」

「んっ！　んんっ」

どれだけ苦しくてもやめてほしくなくて、離れたくなくて、雄大を抱き寄せて肌に食らいつく。

「いっ！　てぇ！　……やめちゃダメか。んじゃ、そのまま噛んでろ」

「んっ！　……ふぁ……あっ、やぁ」

引き留めれば、またゆっくりと腰を進めて入ってくる。ぞくぞくした感覚に肌が粟立つが、それは喜びから沸き立つもの。嫌じゃないと分かってほしくて、雄大の背中にしっかりと腕を回してしがみつく。

「っ、渚……どうしてほしい？」

「もっと、何？」

「もっと、深く……いっぱい……ほしい、です」

素直にねだれば、優しい雄大は望むとおりにしてくれる。

深く繋がり、抜き差しはせずに腰をうねらせながら前を扱かれ、身体が反り返るほどの快感が頭から足の先まで走り抜ける。

「あっ、あー……もっ、無理……もっ……なん、で……」

もう射精してしまったと思うほど腹の上はぐしょぐしょになっているのに、治まらない快楽を何とかしてほしくって雄大の手に縋れば、指を絡めた恋人繋ぎにしてくれる。

「大丈夫。渚……愛してるから」

「ゆ、だい……んんっ」

雄大の手の温もりと言葉と眼差しとが、渚の心を解き放ってくれる。

意識していなかったが緊張しすぎて入っていた力が抜けて、爆《は》ぜるように一気に達した。

「渚……っつ、はっ」

ひくひくする身体が、まだ達せずにいる雄大を締め付けてしまう。言うことを聞かない身体の力を抜くよう大きく息を吐き、自分から腰を揺らす。

「無理、しなくていいから」

「嫌！」

いったばかりで肌がぴりぴりするほど感じて辛いが、それでも愛する雄大にも気持ちよくなってほしい。離れようとする雄大を抱きしめ、首筋に食らいつく。

「つぅ……渚……もう、ホント凶悪に可愛くて、最高だよ！」

低く唸るような声を上げた雄大は、自分からも腰を使って渚を貫くほど深く腰を打ち付け、ぶるっと激しく胴震いして果てた。


「ん……？」

果ててのし掛かってきた雄大を受けとめた後、軽く意識が飛んでいたのか、渚は布団を被った状態で目を覚ました。

目の前では、一つ枕で横になっている雄大が微笑んでいる。

「す、すみません。寝ちゃってましたか」

「いいよ。疲れたんだろ？　めっちゃがんばってくれたもんなー」

にやにやと見つめられ、先ほどの自分の痴態がぶわっと脳裏に蘇《よみがえ》る――といいたいところだが、後半部分は意識が朦朧《もうろう》としていたのかあまり記憶がない。

「あの……僕は何か、その……失礼なことをしませんでしたか？」

「失礼って何？　最高だったわ！　噛み癖あるとか、ギャップ萌《も》えでめちゃ滾った」

「噛み癖って……ああっ！」

雄大の言葉と、手でさすっている辺りを見て心臓が止まりそうなほど驚いた。雄大の左肩に、くっきりと歯形がついていたのだ。よく見れば、首筋や鎖骨の辺りも赤くなっている。

ポポもワタゲもローズもこんなひどいことはしないのに、躾のなっていないワンコ以下の自分が猛烈に恥ずかしい。何より、この世で一番大切な雄大を傷付けてしまったなんて、申し訳なさに涙がじゅわっとこみ上げる。

「す、すみません。ごめんなさい！」

「無意識にやってたのか？　かんわいーなぁ、もう」

必死に頭を下げれば、雄大はでれっと頬をゆるめて渚の頭を愛おしげになでる。

「可愛いとか、そんなのんきなこと言ってる場合じゃないでしょう！」

「ああ、いいって、いいって」

「よくないです！　好きな人を傷つけるなんて」

「噛み付くのは一種のマーキング？　ってか、愛情表現としてありだろ。むしろ歓迎だけど」

「でも、こんなこと……」

赤く痛々しい噛み跡にそっと触れれば、その手を握った雄大は、口元へ導きキスをする。

「俺とのセックスがよすぎて、我を忘れるほど夢中になったってことだろ？　すげえ嬉しい」

「う……」

確かに、気持ちがよすぎて我を忘れたのには間違いない。

ただの慰めのような言葉も、蕩けそうなほどいい笑顔で言われると信じるしかない。

「俺も渚にマーキングしちゃうかな」

「あっ……」

首筋に、がうがうと噛み付くみたいなキスをされ、さらに強く肌を吸われる。首筋から、肩にも胸にも、繰り返される微かに痛くてじんと痺《しび》れるみたいな刺激に震えが出て、それを耐えるのに雄大の背中に腕を回してぎゅっと抱き付いた。

「うっしゃ！　こんなもんかな？」

「ん？　……雄大、さん？」

「いっぱいマーキングしちった。明日はタートルネックしか着らんないな」

「え？　あ！」

自分でも見える胸の辺りを見てみれば、微かに赤く充血している。雄大は首筋から胸元にたくさんのキスマークをつけていたのだ。

「これでおあいこ。な？」

お互いに歯形とキスマークで『自分のもの』というマーキングをしあっただけだから気にするなということだろう。

「……雄大さんってば、やっぱり優しいです」

「そーかー？　欲張りなだけだけど」

どういう意味かと首をかしげれば、雄大は最高の笑顔を浮かべる。

「うちのワンコたちも渚も、世界一可愛い。その両方を手に入れた俺は、世界一の幸せ者だ！」

全部俺の！　と抱きしめてくる雄大は、最高に愛おしい。

世界一の笑顔を浮かべる恋人の腕の中で、渚も自分は世界一幸せだと信じられた。

◆

デスクトップパソコンの前に座った雄大は、だらしなく肘をつき眉間にしわを寄せながらモニターを見つめる。

「ったく、あのクズ。どこまでクズだ！」

モニターに表示されたニュースサイトには渚の元彼、斉藤春馬の写真が映し出されている。斉藤の会社アトラクティブ本社が家宅捜索を受け、それがニュースとして取り上げられたのだ。

『ついに警察まで動いちゃったっすねー』

二つ並んだモニターのもう一方では、パソコンを使ったテレビ電話で会話していた真治も呆れ顔でため息を漏らす。

「うさんくさそうな奴だから何かやってんじゃねえかと思ったけど、ここまでとは……」

サプリメントの宣伝では『絶対痩せる』『確実に脂肪が落ちる』など、科学的根拠のないあおり文句は禁止されている。そういった誇大広告でも見つけて弱みとして握っておけば、また斉藤が渚にちょっかいを出してきたときに使える。

それくらいの軽い気持ちでアトラクティブのサイトを調べてみると、有効性や安全性の確認がされていない医薬品『無承認無許可医薬品』をサプリメントとして販売しているのを見つけた。

さらに調べていくと、その商品には海外で内臓疾患などの副作用が出たため販売禁止になった成分が含まれているのが判明した。

大事にしたくはなかったが、被害者が出る可能性があるものを見つけたのに隠してもおけず、消費者センターへ連絡した結果、他にも怪しい医薬品を扱っていたようでこの家宅捜索となったのだ。

『逮捕まで行きますかね?』

「あんま派手なことになると、ワイドショーなんかで取り上げられそうで嫌なんだけどなぁ」

悪い奴が裁かれるのはいいことだが、とにかく渚の目に触れさせたくないので下手な騒ぎにはならないでほしい。

雄大にとっては、社会正義より渚の心の平穏の方が大事なのだから。

『しばらくは、テレビやネットニュースは渚さんに見せないよう気を付けましょ』

「だな」

こうやって、真治が積極的に協力してくれるのはありがたい。

雄大の好意は渚にはさっぱり伝わっていなかったが、端《はた》から見れば丸わかりだったようだ。

生活力限りなくゼロの雄大に世話焼きの渚はぴったりで『割れ鍋に綴《と》じ蓋《ぶた》』のいいコンビだからとっととくっつけばいいのにと思っていたそうだ。

『人や犬を簡単に捨てるようなドアホに天誅《てんちゅう》が下るのは、いいことっすよ。ねー、虎姫《とらひめ》』

視線を落とした真治は、卓上の自分の手首をがっちりホールドしているキジトラ猫の虎姫の頭をうっとりとなでる。

アシスタントに行っている間、真治はルームシェアしている友人に虎姫の世話を頼んでいる。だから虎姫は友人にもよく懐いているが、真治が帰ってくるとべったりとくっついて離れない。そんなところが可愛くて仕方がないようだ。

虎姫は、公園で衰弱してうずくまっているところを真治が保護した元捨て猫だ。人懐こい上に避妊手術もされていたことから、飼い猫だろうと『迷い猫保護しました』のチラシを配ってネットに情報も出したが、飼い主が名乗り出なかったことから真治が飼うことにした。甘えん坊な猫だが、今では真治の方がメロメロで「虎姫様を養うために仕事してるっす」と言い切っている。

以前は大げさだと思っていたが、今ではその気持ちが痛いほどよく分かる。

ポポとワタゲとローズ、そして渚を守るためなら何でもできる。

こんなに可愛い渚たちを捨てた斉藤には、天罰が当たって当然と思う。けれど、何も知らないだろう斉藤の奥さんだけは気の毒だった。

しかし真治は、逆に感謝されてもいいくらいだと言う。

『子供が生まれる前に、旦那《だんな》がこんなろくでなしだと分かってよかったじゃないすか。さっさと離婚しちゃえばいいんすよ』

「まあ離婚することになっても、実家が金持ちだそうだから大丈夫だろうな」

頼れる人のいなかった渚より、今後の暮らしが安泰な分まだ救いがある。生まれてくる赤ん坊と共に、この奇禍を乗り越えてくれることを願う。

一度くらいパートナー選びを失敗したからって、人生が終わるわけじゃない。

渚だってやり直せたんだから、彼女にも強く生きていってほしいと思う。

「俺は正義の味方じゃねえから、あの野郎が渚の目に入る場所に出てこなければそれで十分。こっちはこっちで幸せに――んじゃ、そういうことでよろしく！」

『へ？　あ、ああ、はい。じゃあ、さっきの件はそういうことで！　では！』

雄大の背後の扉が開き、マグカップをのせたお盆を手に渚が入ってくるのが見えたのだろう、真治はもう用件を終えたふりで通話を終えた。雄大はノックが聞こえた段階で、光の速さでニュースサイトを消し去っていた。

「すみません。邪魔をしましたか？」

「んにゃ。もう話は終わったし。虎姫ちゃんといちゃつきたそうだったから、切り上げてやったんだ」

「えっ、虎姫ちゃん？　見たかったたな」

渚は虎姫の写真や動画は真治から散々見せられていたが、リアルタイムで動く虎姫が見たかったと残念そうな顔をする。

「こっちもいちゃいちゃしよう」

ニャンコより俺を見ろ！　と机にお盆を置いた渚を抱き寄せて膝に座らせれば、渚は声を立てて笑う。

その屈託のない笑い声が耳に心地いい。

さらさらの髪に頰ずりして、耳元に唇を寄せて可愛い恋人の名を呼ぶ。

「渚……」

「ん……あ、ローズ！　ワタゲまで」

閉まりきっていなかった扉の隙間にローズが鼻先を突っ込んで開けそこからワタゲが駆け込んできた。

ワンコたちは前々から仕事部屋に入りたそうにしていたが、仕事に集中できなくなるだろうから入れないことにしていた。渚も出入りの際に扉が開きっぱなしにならないよう注意していたのに、今日は油断をしたようだ。

――真治との会話、聞かれちまったか……。

渚がこんな凡ミスをやらかすなんて、通常ならない。扉から漏れ聞こえた話で、斉藤の会社が家宅捜索を受けたと知って動揺をしたのだろう。

「もー、ここは入っちゃ駄目だっていつも言ってるでしょう？　あっ、ポポまで！」

しかし考え込む雄大を余所《よそ》に、膝の上から下りた渚は楽しげに笑いながら抱っこをせがむワタゲを抱き上げ、部屋の匂いを嗅《か》ぎ回る探検家のポポを追いかける。

空いた雄大の膝には、ちゃっかりとローズが顎をのせてなでなでを要求してくる。

いつもどおり明るく振る舞う渚の笑顔は自然で、いつもと同じく最高に可愛い。

斉藤のことをもう歯牙《しが》にもかけていないのだとしたら、それはいいことだ。

わざわざ嫌な奴のことを話題にする必要もない。

ローズの頭をなでながら、ワタゲを抱いてポポと追いかけっこをする恋人を幸せな気分で見守る。

「あ、ココアを入れてきたんです。冷めないうちにどうぞ」

「おーっ、ありがとな」

雄大は最近、『渚のドッグカフェ』新メニューのマシュマロをのせてレンジでチンした、マシュマロ入りミルクココアにはまっていた。

ふわんと蕩けたマシュマロに、チョコレートソースで描かれたハートマークが嬉しくてデレデレと頬が緩む。

スプーンでくるりと混ぜてハートを溶かし込んだココアを口に含めば、こっくりした甘みが口中に広がる。

「甘っ、美味っ。もー、渚ってばホントにドッグカフェのマスターできそうだな」

「看板メニューは、マシュマロチョコトーストにしますか？」

「――やっぱやめ」

にこにこと楽しげな笑顔で提案され、渚のしたいことなら何でもさせてやりたいと思ったが、一瞬で気が変わる。

可愛い渚の素敵な笑顔も美味しい料理も、全部自分だけのものにしたい。

どす黒い独占欲にちょっとだけ自己嫌悪は湧くが、そんなものは鼻息で吹き飛ばす。

「俺のだから。渚の作るトーストもホットケーキも、ワンコ共も、渚も！　ぜーんぶっ、俺のだから。俺だけの、だから！」

わがままに言い切る雄大に、渚は穏やかな冬の海を思わせる優しい笑みを浮かべる。

「僕も、雄大さんとワンコたちがいればそれで十分です」

ポポとワタゲを胸に抱えてローズの頭をなでる渚を抱き寄せれば、満ち足りた気持ちに自然と口元がほころぶ。

そんな雄大を見て、渚もさらに嬉しそうに笑ってくれるのが最高に幸せで、抱きしめる腕に力がこもる。

「もっともっと、幸せにしてやるからな」

「もう、十分幸せです」

軽く腰をかがめた渚は、そっと唇をかさねてくる。

触れるだけのささやかなキスに、照れくさそうに頬を染める。可愛すぎる恋人のキスは、マシュマロよりも甘く心を蕩かす。

「今の、めちゃ美味！　マスター、お代わり」

わくわくと期待を込めて自分だけのドッグカフェのマスターにキスのお代わりをねだれば、微笑みと共にさらに甘くて熱いキスをくれた。

あとがき

はじめまして。もしくはルチル文庫さんでは十一度目のこんにちは。

ポメラニアンは世界で一番可愛いもふだ！　と信じている金坂です。

異論は認めまくります。誰にとっても、自分ちのもふこそが世界一可愛いもふですから。


そんなわけで、苦労人が報われる話を書きたいと考えた際、ポメラニアンの多頭飼いができたらすっごく幸せだよね、ってことで舞台はドッグカフェ風のお家に決定。

苦労人を幸せにするお相手は、以前に売れっ子フリーランスの方のお宅に仕事のお使いで行った際、大きな家できれいな奥様の手料理を食べながらお仕事をされているのを見て、うらやましいなぁと思ったことがあったので、フリーのデザイナーにしました。

でもよくよく考えてみると、家まで仕事を取りに来られて、奥様も使いっ走りの私なんぞを親切にもてなしてくださって、大変な部分もあるよね……ということで、雄大にはカーボンナノチューブ並みの強さと軽さを、渚にはおかんレベルの面倒見のよさを装備させました。

作中のメニューはどれも再現してみたのですが、マシュマロチョコトーストは美味しいけどめちゃくちゃ甘かったです！

これが好物となると相当運動させないと太るわ、ってことでお散歩大好きなもっふもふのゴールデンレトリーバーも追加して、もふまみれとなりました。

小型犬も大型犬もどっちもいるなんて、贅沢な幸せですよね。

ただ幸せを追求しすぎて、担当さんから「ワンコ三匹は表紙に収まりきらないかもしれないですね」と冷静な突っ込みをいただき、「ローズは無理かも……でも後ろの方にちらっとでもいてくれたら嬉しいな」と厚かましいことを願っていたのですが、サマミヤアカザ先生から届いたのは、願っていたより遙か上を行く完璧で素晴らしい表紙でした！

ポポはやんちゃそうで、ワタゲは可愛くて、ローズはお淑やか、とそれぞれの個性まで感じさせ、さらに美形のマスターを手に入れてご満悦のオーナー、と幸せな要素しかない素敵な表紙に「こんなドッグカフェがあったら通い詰める！」と担当さんとお祭り気分で盛り上がってしまいました。

サマミヤ先生、極上の幸せをありがとうございました！

この本をお手にとってくださった皆様にも、少しなりとも幸せを感じていただけましたなら幸いです。

二〇二〇年　一月　　　タラヨウの実ついばまれる頃　　金坂理衣子

✦初出　ドッグカフェで幸せおうち生活……………書き下ろし

金坂理衣子先生、サマミヤアカザ先生へのお便り、本作品に関するご意見、ご感想などは
〒151-0051 東京都渋谷区千駄ヶ谷 4-9-7
幻冬舎コミックス　ルチル文庫「ドッグカフェで幸せおうち生活」係まで。

幻冬舎ルチル文庫
ドッグカフェで幸せおうち生活

2020年1月20日　　第1刷発行

✦著者	金坂理衣子　かねさか りいこ
✦発行人	石原正康
✦発行元	株式会社 幻冬舎コミックス 〒151-0051 東京都渋谷区千駄ヶ谷 4-9-7 電話 03(5411)6431［編集］
✦発売元	株式会社 幻冬舎 〒151-0051 東京都渋谷区千駄ヶ谷 4-9-7 電話 03(5411)6222［営業］ 振替 00120-8-767643
✦印刷・製本所	中央精版印刷株式会社

✦検印廃止

ISBN978-4-344-84601-2　C0193　Printed in Japan